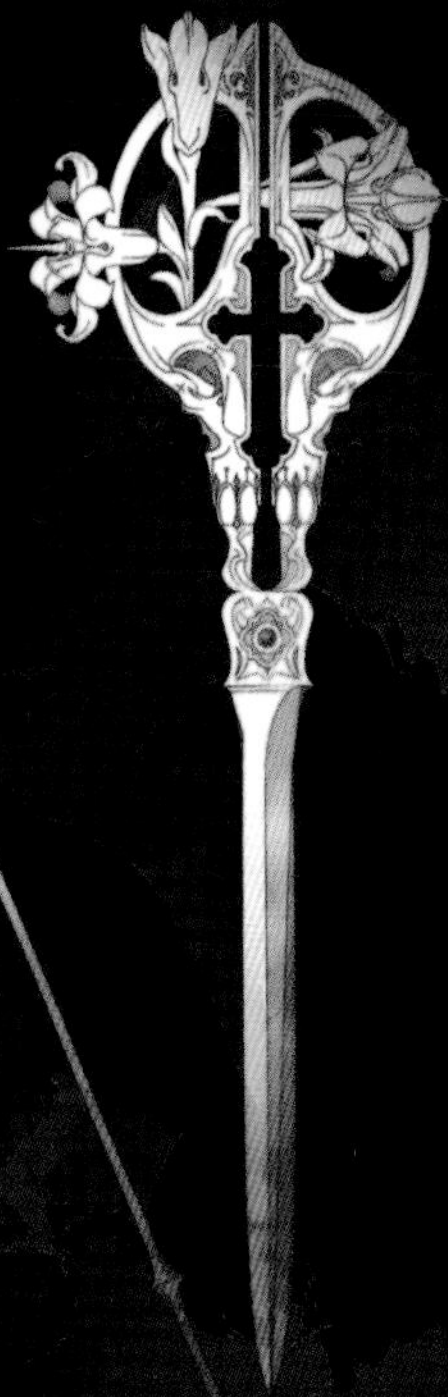

オルレアンの魔女

La Sorcière d'Orléans

稲羽白菟

Inaba Hakuto

二見書房

オルレアンの魔女

La Sorcière d'Orléans

contents

◎主な登場人物

天羽《あもう》七音美《なおみ》　日本のソプラノ歌手
エミール・クレール　パリ警視庁警部補
ジャン・ブノワ　パリ警視庁警視　エミールの上司
レジーヌ・ブラパン　ゴンクール賞作家　新作オペラ『オルレアンの聖女』原作者
ジャック・ロラン　次期パリ・オペラ座芸術監督
カトリーヌ・ドヴィリエ　フランスの女優
カール・クロイツ　ドイツのテノール歌手
イネス　レジーヌの高齢の養女
アリアーヌ　レジーヌの若い養女
ジム・ゴールドスタイン　アメリカの映画プロデューサー
レベッカ　アメリカの若手女優
マリー・ヴェルデュラン　オルレアン市職員
仁木《にき》さくら　仁木歌劇団代表　七音美の所属事務所社長
射手矢《いてや》奏太《そうた》　テノール歌手　七音美の後輩

フランス地図

カンヌ周辺地図

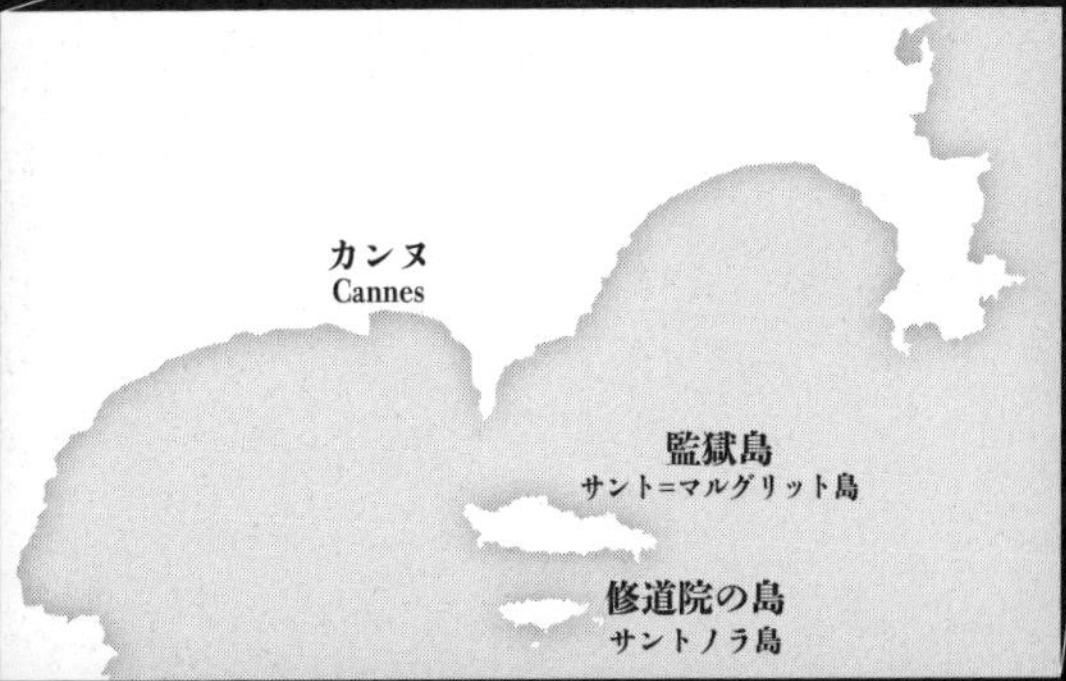

プロローグ　オルレアン　1968

灰味がかった昼下がりの空に、大聖堂の双塔が溶け込むように聳《そび》えている。

中世の城塞都市、オルレアン。街の中心、サント・クロワ大聖堂の脇、石畳の環状交差点《ロンポワン》を周回する空色のシトロエン。運転席の若い男、ジャンはダッシュボードのダイヤルを回し、女性の名前を淡々と読み上げる暗いニュースから賑《にぎ》やかなジャズにラジオの局を切り替えた。

「あら、私、聴いてたのに」

黒い髪に茶色の瞳、助手席のフランシーヌはぽつりと言った。

ちらりと恋人の顔を見遣《みや》り、ジャンは笑って応える。

「行方不明になった女の子たちの名前なんか聞いて、一体何が面白いのさ？」

「将来の私たちの子どもの名前を考えてたの。ジュヌヴィエーヴ、マルグリット、アリアーヌ……あなたはどの名前が良いと思う？」

指折り数えるようにして名前を挙げ、フランシーヌは楽しそうにジャンの横顔を見つめた。

「行方不明の女の子たちの名前から選ぶのかい？　なんだか嫌だなぁ……。それにもう子どもだなんて、本当に気が早いね、君は。俺たち、子どもどころか結婚もまだなのに」

　住宅街方面にロンポワンを離脱しつつ、ジャンはハンドルを操る肩を竦《すく》めた。

「判ってないわねジャン、女は気が早いものなのよ。一日でも早く結婚して幸せな家庭を作らなきゃ、女の子はあっという間におばあさんになっちゃうの。だから今度のポーリーヌの結婚式で、私は絶対にブーケをキャッチしなきゃいけないの。そのために今日、私は素敵な黄色い花柄のワンピースを絶対に見つけなきゃいけないのよ」

「何軒もブティックを回って今さら聞くのもなんだけど……ブーケ・トスと黄色いワンピースに、一体どんな関係があるっていうんだい？」

「あら！　知らないの？」フランシーヌは目を丸くした。

「黄色い花柄のワンピースを着るときっとブーケをキャッチできる——っていうのは、オルレアンの女の子なら誰でも知ってる有名なおまじないよ？」

「なるほど。道理でこの街の結婚式には黄色い服の女の子が溢《あふ》れてる訳だ」

　呆《あき》れて笑うジャンに頬をふくらませ、フランシーヌは助手席の外に流れる街並みを眺めながら言った。

「……そうよ。だからこそ単に黄色いだけじゃなく、とびきり素敵な黄色のワンピースを見つけなきゃいけないのよ。……あら？」

ジャズが終わり、奇妙な歌詞の歌《シャンソン》がラジオから流れ始め、フランシーヌは思わず車内に視線を戻した。

私は見た　棍棒《こんぼう》を振る男たちを
私は見た　小突き合う女たちを
私は見た　手榴弾《しゅりゅうだん》の炸裂《さくれつ》を
私は聞いた　群衆の叫び声を――

マーチのようなリズム、抑揚なく歌われる不穏な歌詞……フランシーヌは首を傾《かし》げてジャンに尋ねた。

「なに？　この変な歌」

「おまじないや噂話《うわさばなし》はよく知ってるのに、社会のことには疎《うと》いんだね、君は。パリの五月革命を讃《たた》える歌『美しき五月のパリ』さ。……美しき、五月のパリ！　美しき、五月のパリ！」

丁度流れるルフランに合わせ、ジャンはタイトルのシュプレヒコールを雄々しく繰り返した。

フランシーヌはじゃれるように拗《す》ねてみせる。

「もう！　また私のことを馬鹿にして。私だって五月革命のことぐらい知ってるわ。……でもジャン、パリの学生たちはどうしてあんなに騒いでいるの？」

　ふんと鼻を鳴らし、ジャンは憎々しげに言う。

「若者たちは怒っているのさ、利己的で厚顔無恥な政治家たちに、大人たちに。フランスの五月革命、中国の文革、アメリカのベトナム反戦運動、日本のゼンキョートー。……今、世界は若者の怒りに満ち溢れているのさ」

「それは判るんだけど、五月革命って、そもそも一体何を革命しようとしているの？」

　ジャンは黙ってハンドルを廻《まわ》し、シトロエンは古いアパルトマンの角を曲がる。背の高いアパルトマンに挟まれて日影がちな住宅街の道を直進しながら、ジャンは声のトーンを下げた。

「改めて何って聞かれると、色々と複雑過ぎてちょっとよく判らないな。……とにかく怒っているんだよ、俺たち若者は」

「なーんだ。あなたもよく知らないんじゃない」

　フランシーヌはぷぷっと笑う。一拍置いてジャンも吹き出す。

　他愛のない笑いが共鳴し合い、車内は二人の明るい笑いに満ち溢れる。

『美しき五月のパリ』はいつの間にか終わり、この局でもまた、行方不明の女の子たちの名前の読み上げが始まった。

「――さて、君が言う住所はこのあたりだけど……。こんな静かな住宅街に、本当にブティックなんてあるのかな？」

フランシーヌ越しに助手席の外を覗《のぞ》きながら、ジャンは車のスピードを落とした。

「ええ、とってもセンスの良い美人の店員さんがいて、品数は少ないけどセレクトはたしかなお店らしいの。他の子には絶対に内緒って、ポーリーヌがこっそり教えてくれたから、きっと間違いはないはずよ。……あ！　あれじゃないかしら？」

フランシーヌはドア・ウインドウの外をまっすぐに指さした。

ジャンは車を停《と》めて外を見る。

車道から直角に伸びる袋小路の突き当りのアパルトマンの一階に、こんな場所には不釣り合いなほど綺麗《きれい》に飾られたショウ・ウインドウが見えた。その中央にはまさに黄色いワンピースを着た一体のトルソーが、まるでコメディ・フランセーズ《国立劇団》の役者のようにポーズを決めて立っている。ショウ・ウインドウの背景はメルヘンな緑の森の書割《かきわり》、ドアのガラス窓にはレースのカーテン。店の中の様子は外から全く判らない。

「間違いないわ！　もし間違いでも、あのウインドウのワンピース、とっても素敵！　きっとこの店で決まりよ。……さぁ、今度こそ最後の一軒。行きましょ、ジャン」

興奮気味の笑顔を向けるフランシーヌに、ジャンは呆れ笑いで応えた。

「さっきの店でも、その前の店でも、君はたしか同じことを言ってなかったっけ？　……男が女の子のショッピングに付き合えるのはせいぜい一日三軒まで。俺はここで待ってるから、気が済むまでゆっくり見てくるが良いよ」

「もう！」一瞬ふくれて見せたものの、フランシーヌはすぐに楽しげな笑顔に戻る。

「まぁ良いわ。あなたがいない分、美人のお姉さんにゆっくりとお相手してもらってくるから。ジタンを吸って寿命を縮めながら、空《むな》しくここで私の帰りを待っていてちょうだい」

「あ、美人の店員がいるんだっけ？　やっぱり俺も行こうかな……」

「ダメよ！」冗談めかして言うジャンに、フランシーヌもふざけた調子で応える。

「店員さんなんかより、私の方がずっと綺麗に変身して戻ってくるから、あなたはそれだけを楽しみに待っていてくれれば良いの。判った？」

「ああ、判ったよ」

「……ジャン、私のこと愛してる？」

「こりゃまた唐突な質問だね」

「ちゃんと答えてちょうだい」

「もちろん愛しているとも、フランシーヌ。納得のいく服が見つかったら、それを着たまま戻っておいで。ブーケ・トスなんか抜きにして、その黄色い花に包まれた君を、俺がそのまま受け止めてあげるから」

「まあ！」瞳を輝かせ、フランシーヌはジャンの目を見つめた。

「それって……もしかしてプロポーズ？」

「解釈は、どうぞご自由に」

上品ぶって肩を竦め、ジャンはとびきりの笑顔をフランシーヌに見せた。

「もう！　ジャンったら！」

フランシーヌは運転席のジャンに抱きついた。

二人の幸福が溢れ、狭いシトロエンの車内は一層窮屈になる。

しばらくして体を引き離し、ジャンはフランシーヌに優しく語りかけた。

「……さぁ。僕らの幸福な結婚式の前、まずは親友の結婚を祝ってあげるために最高の服を選んでおいで」

「ええ。——じゃあ、どこにも行かずにここで待っててね」

嬉《うれ》しそうにジャンにキスをし、フランシーヌは助手席のドアを開けた。

車内のジャンに手を振って、フランシーヌは袋小路の石畳、意気揚々とブティックの方へと走り去って行った。

*

フランシーヌは目が覚めた。

いや、目が覚めた――というのはなんだかおかしい。

ジャンと一緒に買い物に出かけ、小さなブティックの試着室でフランシーヌはついさっきまで美しい黄色いワンピースを試着していたはずなのだ。

それらは全てベッドの中で見た夢だったのだろうか？

それとも貧血か何かで気を失い、店で倒れてしまったのか？

まだ朦朧《もうろう》とする意識の中、フランシーヌは状況を確認しようとした。しかし、周囲は真っ暗。

五月のオルレアンとは思えないほど肌寒く、自分がどこにいるのかも全く判らない。

判ることは今の姿勢――どうやらゆったりとした肘掛椅子に座っていること。それぐらい。

なんとなく体に力が入らないが、ひとまず立ち上がろうと肘に力を込めた時、フランシーヌは新しい事実に気づいた。腕が肘掛から少しも動かない。腰も椅子から離れない。首を動かそうとして、咽喉《のど》に強い圧が加わってゴホゴホとむせてしまう。

フランシーヌは理解した。

革ベルトのようなもので、自分は椅子に縛りつけられているのだ――。

「……ああ、神様《モン・デュー》」

頭の中が真っ白になり、フランシーヌは思わず声を漏らした。

声は思いのほか闇の中に反響した。ぴちゃりぴちゃりと、水の滴るような音が耳を澄ませば幽《かす》かに聞こえる。ここは洞窟？　トンネルの中？――フランシーヌはますますもって自分の置かれた状況が判らなくなる。

ガチャン――とブレーカー・スイッチのような音が突然響き、同時に真っ白な光がフランシーヌの目を眩《くら》ませた。

強烈な光量に耐えられずギュッと目を閉じ、フランシーヌは徐々に薄目を開く。

目の前、床面に軍用の投光器のような大型の機材が置かれ、まるで捕虜を拷問するかのようにフランシーヌに無慈悲な光を浴びせていた。明る過ぎて正面を直視することはできないが、俯《うつむ》いて見る自分の体はあの黄色いワンピースをまとっている。

あの店の試着室に入ったことは、やはり夢ではなかったのだ――。

じゃあ、ここは一体どこなのか？――強烈な光源を見るのを避け、首が動く範囲で明るくなった周囲を見廻す。椅子が置かれた足元は灰色の石畳。左右の壁も石で組まれ、壁から天井に向かって高いアーチを作っている。

フランシーヌは理解した。

自分は誘拐されてしまったのだ。

オルレアンの地下に存在するという噂の、中世の秘密の地下道に——。

と、投光器の向こう、ゆっくりこちらに近づいて来る足音がコツコツと地下道に響き始めた。

地下道の先、人間のシルエットらしきものがぼんやりと一つ浮かんで見える。

中世の女性が着るような古風なワンピース。上半身を全く動かさず、まるで機械仕掛けの人形のような動きでゆっくりと進んでくる影に、フランシーヌは勇気を振り絞って声をかけた。

「あの……すいません。なんだか私、気がついたらこんなことになっちゃってて……。多分人違いだと思うんです。私の家は貧乏だし、私自身も別に、何か主義主張がある人間でもないし……。このことは絶対に誰にも言いませんから、どうか、私を家に帰してくれません？」

影は何も答えず、投光器の背後の闇から光の方へと徐々に近づいて来る。

フランシーヌは震えながら訴え続けた。

「この街で、私よりもお家が裕福で可愛い子、私、大勢知ってますよ。ナディーヌ・ラクロワ嬢？　ポーリーヌ・ジーリ嬢なんてどうかしら？　……なんならパリに行けば、こんな田舎どころじゃないセレブがいっぱいいるんじゃありません？　何が目的なのか知りませんけど、私みたいな十人並みの娘、何もわざわざ誘拐する必要は——」

フランシーヌが言い終えるより少し早く、影は投光器の前に歩み出た。

「ヒッ……キャーッ!!」

その姿を見たフランシーヌは息を呑《の》み、地下道に響き渡る悲鳴を張り上げた。

白い中世風のワンピースを着たその人影は、無表情な女の顔の鉄仮面をつけていた。

それはフランシーヌも知っている顔だった。このオルレアンの街の中央、マルトロワ広場に立つジャンヌ・ダルクの騎馬像——敵に剣を向けて見下す、それは冷酷な乙女《ピュセル》の顔だった。

女の右手には剣の代わりに細長い鋭利なハサミ。投光器の光を受けて不気味に輝いている。

フランシーヌの数メートル先で一旦立ち止まり、女はハサミを開いて閉じ、地下道に「ジャキン——」と不吉な音を響かせる。

「お願い……助けて……」

震える声で哀訴するフランシーヌの面前まで進み、仮面の女はフランシーヌを見下ろした。

しばらく黙り続けた後、仮面の中にくぐもる声で女は言った。

その声はしわがれた、魔女のような声だった。

「気の毒だけど、あんたの家が裕福でなくても、私ほどの美人じゃなくても、若い娘っていうだけであんたを欲しがるお客は世界には山といるのさ。……うちには二種類の客層がある。あんた全体を欲しがる客。あんたの部分を欲しがる客」

仮面の女は再び「ジャキン――」とハサミの音を響かせる。

「私は優しい女だから、迎え入れた私の娘《マ・フィーユ》にそれぞれ好きなコースを選ばせてあげるんだ。フランシーヌ……だったね？　あんたはどっちのコースをお望みだい？」

「全体？　部分？　私には、何のことだか……」

おずおずと言うフランシーヌに、仮面の女は「ヒヒヒヒヒ」とけたたましい笑いを返す。

「乙女《ピュセル》でもあるまいし、かまととぶるんじゃないよ。私とあんた、女同士腹を割って話そうじゃないか。……『全体』はどこか遠くの外国の男に死ぬまで飼われるということさ。少しでも長く生きられる可能性に賭けて、大抵の女の子はこっちを選ぶけど、結婚前の娘の中には恋人への貞節ゆえに、あえて『部分』を選ぶ子もいるね。――ああ、なんて美しい愛だろう！」

芝居がかった大声を上げてヒヒヒと笑い、仮面の女は続けた。

「『部分』で欲しがる客は自分が生きる手術のため、あるいは特殊な悪食《カニバ》趣味のため。……なるべく痛くないように処置はしてあげるけど、なんてったって鮮度が大事だから、当然生きたままでのオペにはなる。完全に無痛って訳にはいかないけど、どうかそれは許しておくれ」

仮面の女は椅子の脇、少し離れたところにある手術用のトレー・カートをガラガラとフランシーヌの近くに引き寄せた。

「……どちらのコースを選ぶにせよ、私の娘《マ・フィーユ》になった子には今までの人生にきっぱりとあきらめがつくように、お迎えの儀式として頭を坊主にしてあげることにしているのさ。……まぁ、あんたみたいな綺麗な黒髪なら、高値で買ってくれるお得意客がいることだしね」

仮面の女は両手をフランシーヌの頭に伸ばし、束にして摑《つか》んだ髪をジャキンと音を立てて切り取った。

無残に髪を切られ、それまで呆然《ぼうぜん》としていたフランシーヌは我に返って蒼《あお》ざめた。髪を切られるという取り返しのつかない暴力が為《な》され、これが誰かの悪戯《いらずら》や悪趣味なテレビ番組だという可能性は完全に消え失せてしまった――。

自分は本当に誘拐されて売り飛ばされてしまうのだ。ラジオで名前を読み上げられていた、ジュヌヴィエーヴ、マルグリット、アリアーヌ……そして、フランシーヌ……。

「お願い……やめて……」

涙が溢れ、鼻水が流れ、そして切られた髪が束からこぼれ、せっかくのワンピースがみるみる汚れてゆく。これを着てジャンの元に帰り、彼の腕の中に飛び込むはずだったのに……。

ジャンのためにワンピースを汚してはいけないと思いながらも、フランシーヌの体液はとめどなく流れて服を汚した。悲しくて悲しくて、フランシーヌは声を上げて泣き出してしまった。

「おや、まあ《ウー・ラ・ラ》。お行儀の悪い娘だこと」

呆れたように言い、仮面の女は淡々とフランシーヌの髪を切る――。

*

ジタンの吸い殻が山になった灰皿の横、ダッシュボードの時計をジャンは確認した。

フランシーヌがあの店に入って、もうかれこれ一時間以上が経《た》つ。

たとえ店員とのお喋《しゃべ》りに花が咲いていたとしても、あの小さな店の中、服選びにこんなに時間がかかるものだろうか？　今まで付き合った店でも大抵長々と待たされたが、いくらなんでもこんなに待たされたことは一度もなかった。

しびれを切らし、吸いかけの最後の一本を灰皿に押しつけ、ジャンは少し手前の路肩に停めていた車を袋小路の前まで前進させた。

ショウ・ウインドウ、トルソーの黄色いワンピースは真紅のドレスに着せ替えられている。

フランシーヌが試着しているのだろうから、まぁ、それは当然だろう。

しかし、接客用の服をトルソーから脱がすだけでなく、別のコーディネートでウインドウを完璧に飾り直し終えていることに、ジャンはなんとなく違和感を覚えた。

接客が続いているなら、普通はそこまで手が回らないのではないだろうか？

狭く見えて実は広い店で、複数のスタッフが分担して仕事をしているのか？

しかしとにかく、こんなにも時間がかかるのはさすがにおかしい――。

袋小路を塞ぐ位置に車を停めたまま、ジャンは運転席を降りてブティックに向かって歩いた。

ドアの中はジャンの想像以上に狭くて小さな店だった。

壁際のハンガーラックや店中央の棚に、少量の服や靴がセンス良く並べられている。

店の右奥にはドアが一つ、その手前の左側には小さなカウンター。そして、カウンターの奥には女の店員が一人、下を向いてノートに書き物をしている。

店内にフランシーヌの姿は……どうしたことか見当たらない。

ドアが開いた気配に気づき、店員はゆっくりと顔を上げた。

「いらっしゃいませ、ムッシュー。何かお探しですか？」

ブロンドの店員はジャンに向かってニッコリと微笑んだ。

フランシーヌの話の通り、店員はこのオルレアンで一番といっても言い過ぎではないほどの美人だった。ブロンドの美しさもさることながら、透き通るような白い肌に青い瞳。口元の小さなほくろがなんともいえない色気をかもし出している。

美女の迫力に気圧《けお》され、閉めたドアの前でジャンは黙って息を呑んだ。しばらくして、ジャンは沈黙を取り繕うようにせわしない口調で言った。

「すいません。さっき、俺のフィアンセがこの店に入ったはずなんですけど、なかなか出てこなくって……。何かご迷惑をかけているんじゃないかと心配になって、ちょっと様子を見に来たんです。彼女は……どこにいるのかな？」

　愛想笑いを浮かべ、ジャンは店の中を改めて見廻した。

　しかし狭い店内、フランシーヌが姿を隠せそうな場所はどこにもない。

「それは、どれくらい前のお話でしょうか？」

「たしか、一時間と少し前……ぐらいです」

　店員は上品な笑みを浮かべる。

「じゃあ、お連れ様はきっと他のお店にいらっしゃったんじゃないかしら？　二時間以上、この店には私一人っきり。誰もお客様はいらしていませんので」

「え？」ジャンは眉をひそめる。

「そんなはずありませんよ。彼女はたしかにあのドアからここに入った——。通りに停めた車で、俺はずっと待ってたんです。少しそばかすが多くて、茶色い瞳、黒い髪が自慢の……フランシーヌって名前の娘です」

「ですから、そんなお客様も、どなたもいらしてませんわ」

「そんな馬鹿な……」

しばし呆然とした後、ジャンは「ははん」と言って笑みを浮かべた。

「なるほど、あなたは彼女と組んで俺をからかおうとしているんですね。その奥のドアから、彼女はきっとどこかに出かけているんだ。お手洗いかな？　それとも俺を驚かす何かの冗談ですか？」

店員は困ったような、気の毒そうな表情を浮かべた。

「残念ですがお客様、この店の出入口は正面のドア一つきりしかありませんのよ」

「じゃあ、その奥のドアは？」

「試着室です」

「……」

しばらく黙り、ジャンは瞳を輝かせた。

「ということは、彼女はその試着室の中……。判ったぞ！　綺麗なドレスを着て隠れて、プロポーズにサプライズの返事をする魂胆なんだ。きっとそうなんでしょう？」

店員は黙って首を横に振る。

「じゃあ、中を見せてもらっても？」

「ええ、それで気がお済みになるなら」

店員は小さく肩を竦めてみせた。

店奥のドアの前まで進み、「フランシーヌ、開けるよ」と言ってジャンはノブを引いた。

開いたドアの中は三方を鏡で囲まれた空間。

床には背の低い椅子が一つ。

フランシーヌの姿はなく、ただ、それきり――。

靴を脱がなくても良いタイプの試着室、ジャンは呆然として中へと進む。

左右の合わせ鏡の中、自分一人の姿が果てしなく孤独に映る。

「……ね？　ですから、どなたもいらしてはいないんです。もう気がお済みになりました？」

気の毒そうに言いながら、店員もジャンに続いて試着室の中へと入って来る。

「がっかりさせちゃってごめんなさい、ムッシュー」

何故だか妙に申し訳なさそうに、店員は眉をひそめて微笑んだ。

合わせ鏡の中、店員の美しい微笑はどこまでともなく広がっていった。

オルレアンの魔女

めでたし女王《サルベ・レジナ》。慈悲深きみ母《マテル・ミゼリコルデ》。処女マリア
我らが命。喜び。希望。——めでたし
追放されし、我らエヴァの娘たち
涙の谷にて、嘆きつ、泣きつ、我らは貴女《あなた》を仰ぎ見し

『カルメル会修道女たちの対話』
フランシス・プーランク

I　東京

祈《き》禱歌《とうか》『サルベ・レジーナ』を歌いながら断頭台へと上ってゆく修道女たちの首を、血染めのギロチンは次々と容赦なく落としていった。

最後の一人、ブランシュの清らかで美しい歌声と命を断ち切るように、終幕《フィナーレ》の刃が「ジャキン――」と乾いた音を立てて落ちる。

そして、静かに下りる真紅のオペラ・カーテン。

しばしの静寂。

余韻が完全に消えた無音の一瞬を挟み、我に返った聴衆の盛大な拍手と「ブラーヴィ！」の渦が東京文化会館の客席に沸き上がった。

仁木《にき》歌劇団四月オペラ公演。プーランク作曲『カルメル会修道女たちの対話』。

再三のカーテンコールを終え、主人公ブランシュを歌い終えたソプラノ、天羽《あもう》七音美《なおみ》は共演者とスタッフたちの喝采を避けるように下手袖、個室の楽屋に駆け戻った。

ドアを閉め、椅子に座り、七音美は目の前の鏡に映る自分自身の深刻な表情を見つめる。

革命の見せしめに刈られた短い栗毛、パリの埃《ほこり》に汚れた白いシュミーズドレス――鏡の中の姿、舞台の上で主人公ブランシュになりきっていた七音美の心は彼女の苦悩と悲しみ、不本意な死の恐怖、そして殉教の高揚感から、まだ少しも解放されてはいなかったのだ。

自らの肉体をストイックに酷使する歌手のメンタルは、もしかすると殉教者のそれに似ているのかもしれない。そうでなくとも深く役に入り込み、評論家から「役への没入感が抜群」と絶賛されるソプラノ歌手、天羽七音美――。

東京藝術大学卒業、同大学院修了。文化庁在外研修後、ローマ歌劇場『トゥーランドット』のリュー役に大抜擢《だいばってき》されてデビュー。現在はヨーロッパの各劇場を中心に活躍中――変身を解く呪文のように、七音美はパンフレットに書かれた自分自身のプロフィールを心の中で唱える。

かつらを外して鏡台脇のスタンドに載せる。

ヘアネットからこぼれ落ちた自慢の黒髪に指をくぐらせ、新鮮な空気をたっぷりと含ませる。

舞台用のメイクはまだ顔に残っているけれど、少しは現実の自分自身に近づいた。

革命期のフランスではなく、ここは現代の日本。

群衆が見せしめに修道女の髪を切り、ギロチンで首を落とすようなことは決してない。

もちろん、今の日本にも似たようなことはあるにはあるが……鏡台脇のベリーショートのかつらを眺め、七音美は楽屋入りする前に見たネットのニュース動画を思い出した。

動画の中、隠れた熱愛が発覚した恋愛禁止のアイドル・グループの女の子は頭を坊主にし、涙ながらに謝罪の言葉を述べていた。

ショービジネスの世界、手に入れたポジションを失わないため必死になる彼女の気持ちは七音美にも解らなくはない。しかし、恋愛の禁止、犯罪でもないことに対する異常なまでの謝罪、そんな理不尽な理由で少女の髪を切らせてしまう周囲の大人たち、そして、それに厳しい批判の声も上がらない日本の社会に、七音美は今回のオペラの中、フランス革命の熱狂的な集団ヒステリーに似た恐怖を少なからず感じていた。

日本をしばらく離れ、仕事にも便利なヨーロッパに移住してしまおうか――短髪のかつらを眺めながらちらりと思う。

しかし、七音美には日本を離れられない大きな理由が二つある。

それは、和菓子と歌舞伎。

季節季節の生菓子と毎月の大歌舞伎は、やはり日本に住んでいなければ充分堪能できないものだ。七音美自身、世界の歌劇場で注目されるオペラ歌手ではあるものの、自分自身の趣味は趣味、客席に座ればみんなと同じ歌舞伎ファンの一人に過ぎない。

　しかし、その大好物の歌舞伎の殿堂、歌舞伎座は今月で一旦閉場。建て替え工事のため向こう三年間定期公演はなくなってしまう。そして去年の顔見世『仮名《かな》手《て》本忠臣蔵《ほんちゅうしんぐら》』の舞台の上、長年追い続けてきた推しの名優は殺人事件の被害者として命を落としてしまった。七音美が日本に留まる理由は以前の半分……いや、それ以下になってしまったのだ。

　やっぱり、新しい歌舞伎座が完成するまでの三年間だけでも、いっそパリかミラノに移住してしまおうか……オペラの中から現実の世界に戻った七音美の心は一足先にヨーロッパ、これからの仕事の舞台に向かってふわりと飛び立とうとする――。

　と、大きなノックの音が響き、七音美を楽屋に引き戻した。

「――七音美ちゃん、戻った？」

　ドア越しに聞こえる貫禄《かんろく》あるソプラノ。それは七音美が所属する仁木歌劇団、仁木音楽事務所の代表、聞き慣れた仁木さくら社長の声だった。

　深呼吸して七音美は応える。

「……はい、戻ってます」

「――ちょっと、良いかしら？」

　終演後、ロビーでの挨拶や社交、その他業務で多忙を極めるはずの社長の早々の訪問。どうしたんだろう？――不思議に思いながら七音美は「どうぞ」と言ってドアに体を向ける。

グリーンのスーツに身を固め、現役を引退してもなお華やかなオーラをまとう仁木社長はにこやかな笑顔を湛《たた》えてドアの向こうに登場した。開いたドアの外、社長の背後には七音美の楽屋訪問の順番を待つ出演者や知人たちの笑顔がちらりと見える。そして社長のすぐ背後には「お先にすいませーん。皆さん、ちょっと待ってくださいねー」と明るい声で廊下の混雑を整理する長身の男性の背中が見える。

それは七音美と同じ仁木歌劇団に所属する後輩テノール、射手矢《いてや》奏太《そうた》の後ろ姿。次回の共演は決まっているものの、今回出番のない奏太は社長のお供、七音美の楽屋の入口を守る守衛の役を勤めてくれるらしい。社長が後ろ手にドアを閉め、登場してすぐの退場にはなってしまったけれど……。

大勢が七音美との面会を待つ外の廊下とドア一枚隔て、静かで殺風景な楽屋で七音美と社長は向き合った。

入室した時からニコニコしていた社長はより一層の笑みを浮かべた。

「七音美ちゃん、素晴らしい初日だったわよ！　私もみんなも袖で滂沱《ぼうだ》の涙よ。さっきマエストロに聞いたら、オケのメンバーも全員、ラストは泣きながら弾いてたらしいわよ。身内まで泣かせるなんて大したものだわ！　初日大成功！　ブラーヴァ！　ナオミ！」

まるで歌うかのようなコロラトゥーラの社長の賛辞に、七音美ははにかんで応えた。

「ありがとうございます。私もついさっきまで感情のやり場に困ってて……。社長の『戻った?』の一声で、やっと自分自身に戻れました」

「ふふふ――」

社長は笑う。

「七音美ちゃん、昔から役への感情移入が半端ないものね。またトスカを演《や》る時、本当にスカルピアを刺しちゃわないように気をつけてね」

社長のいつもの軽口に、舞台を終えたばかりの七音美は気の利いた言葉を返せない。

そんな七音美に構わず社長は上機嫌に続けた。

「……とにかく革命のパリから無事に戻ってくれて良かったわ。けど、そんな七音美ちゃんに、来月、フランスへ召集のお知らせよ」

七音美は首を傾《かし》げる。

「オペラ座の稽古、まだ少し先のはずですけど?」

「そうなんだけどね、その公演の演出家先生、パリ・オペラ座の次期芸術監督様から、ついさっき連絡があったの」

七音美の背後、壁際の椅子に座り、仁木社長は鏡の中の七音美と顔を合わせた。

「ジャック・ロランから……ですか?」

「そう。ロランからメールが来たのよ」

パリ・オペラ座の来シーズン開幕公演、新作オペラ『オルレアンの聖女』――七音美はその公演で主役、ジャンヌ・ダルクへのキャスティングが決まっている。ジャック・ロランはパリ・オペラ座の来期からの芸術監督、自身『オルレアンの聖女』の演出も手がける気鋭の演出家でもある。一緒に仕事をするのは今回が初めて、まだ会ったことのないロランから、一体どんなメールが来たというのか？

「七音美ちゃんに直接読んでもらうのが一番手っ取り早いんだろうけど、他にも用件が色々と書いてあって結構長いメールだから、ひとまずあなたに関係する部分だけ、私が要約して伝えたいんだけど、それでも良いかしら？」

「はい。今フランス語を読んだらまた気持ちがオペラの中に戻っちゃいそうですから、そうしてもらえると助かります」

微笑む七音美に軽く頷《うなず》き、社長は話し始めた。

「まずはスケジュールからね。来月、５月６日から一週間ほど、七音美ちゃんにフランスに来て欲しいっていうの」

「フランスに？　パリですか？」

「いいえ。まずはカンヌに」

「カンヌ？」

七音美の声はわずかに裏返る。

南仏地中海沿いの紺碧海岸《コートダジュール》、映画祭で知られる高級リゾート地……そんな知識があるぐらいで、仕事でもプライベートでも、七音美はまだ一度もその地を訪れたことはない。

「カンヌって、歌劇場ありましたっけ？」

「いいえ、新しい仕事じゃないの。『オルレアンの聖女』の原作者、レジーヌ・ブラパンが、なんでも今はカンヌのホテルで優雅に隠居暮らしをしてるそうでね、ロランは是非あなたを彼女に紹介したいって言うのよ。5月12日からの映画祭出席のためロランがカンヌに滞在している期間だから、丁度良いタイミング……なんですってよ」

社長は肩を竦めて見せる。

「東京から湘南《しょうなん》まで、ちょっと顔を見せに来て欲しい――くらいの感覚で、まぁ気軽に言ってくれるわよね」

「そういうことですか……」

ロランは映画監督でもある。新作『マルゴ妃の恋の物語』が好評で、カンヌのコンペティション部門にノミネート、金椰子賞《パルムドール》の有力候補になっているという話は七音美もニュースで知っていた。

たしかに、ちょっと湘南まで――という距離ではないが、仕事で世界中を飛び回っている七音美にとって、それは無理難題というほどの話でもない。映画祭が開かれるぐらいだから、五月のカンヌはきっと気候も良いのだろう。一度カンヌに行ってみたい――という気持ちも、七音美にはあるといえばあったような気もする。現代フランスを代表する老女流作家、レジーヌ・ブラパンがカンヌに住んでいるというのは全く知らない話ではあったけれど。

竦めた肩を下ろし、社長は続けた。

「けど、今回の目的地はカンヌだけじゃないの。5月8日、オルレアンで開催されるジャンヌ・ダルク祭に『オルレアンの聖女』関係者一同、オペラのプロモーションの一環として急遽《きゅうきょ》ゲストとして参加することが決まったっていうのよね。……まぁ、メディアにちょっと取材してもらう程度のゆるいプロモーションみたいではあるんだけど」

「ジャンヌ・ダルク祭、ですか？」

「ジャンヌ・ダルクがオルレアンをイギリス軍の包囲から解放した5月8日、白馬にまたがったジャンヌ・ダルク役の女の子が時代行列のパレードをするっていうお祭りみたい。日本で言えば京都の葵祭《あおいまつり》？　それとも時代祭り？……みたいな？」

と、わずかにドアが開き、奏太が隙間から顔を覗《のぞ》かせた。

「いやいや、全然それどころじゃないです！　中世、ジャンヌ・ダルクがオルレアンの包囲を解放した日。現代、フランスがナチス・ドイツの支配から解放された日。５月８日は重要な二つの戦勝記念日が重なる、フランス人が一年のうちで一番国を誇りに思う『勝利の日』なんですよ。俺もまた行きたいなぁ。５月８日のオルレアン……」

社長は目を丸くしてドアに顔を向けた。

「あら、盗み聞き？　お行儀が悪いわよ。射手矢君」

悪びれた様子もなく、奏太は白い歯を見せる。

「五階の最後列まで声が届くソプラノ二人、普通に話してたらドア一枚ぐらい余裕で筒抜け状態ですよ。……もし内緒話なら、もう少し声は低めにね」

最後は小声に、奏太はわざとらしいウインクをしてドアを閉めた。気の利く後輩は、どうやら外に話が漏れているのを心配し、あえて話に割り込んでくれたようだ。

社長もその配慮に気づいたらしく、向き直った顔には不服げながらも納得したような表情が浮かんでいる。わずかに前に身を乗り出し、社長はそれまでよりも半音下げた声で言った。

「……まぁ、あなたへの依頼内容は大体こんな感じ。全てパリ・オペラ座の仕事のパッケージの一環、任意の参加案件なので別途ギャラは発生しないけど、もちろん費用は全部向こう持ち。あとはあなたの都合と意志次第。さて、どうしましょうか？」

七音美はスケジュールを思い起こす。

「五月の上旬は特に予定はないですし、それに、来月はもう歌舞伎座もなくなってるし……。私は別に問題ありませんけど」

「そう。じゃあ決まりね——」ニコリと笑い、社長は続けた。「メールに書いてあったんだけどね、今回あなたがジャンヌ・ダルク役に抜擢されたのはマダム・ブラパンの強い推薦もあってのことだったんですって。彼女、文化省にも大きな影響力を持ってるらしいから、今後のフランスでの活躍のためにも良い関係を築いていらっしゃいよ。まぁ、噂ではちょっと変わった人みたいだけど」

「変わった人なんですか？」

「私も直接会ったことがある訳じゃないからよくは知らないんだけど、その昔、大勢の女の子を自宅に囲っていて、その……『フランスのサッフォー』なんて呼ばれてたって噂《うわさ》は聞いたことがあるわね」

サッフォー。女性同士の愛を象徴する古代ギリシャの詩人——。

どう反応して良いか判らず黙る七音美に、社長は取り繕うように早口で言った。

「でも、それは昔の話だし、今はもう随分なお歳《とし》だから……。あなたに変な気があってのことではないと思うわよ、絶対」

「でも、私を推薦してくれたのは……どうしてなんでしょうか？」

「さぁ……それは向こうでロランかご本人に聞いてみれば良いんじゃない？　別に『オペラ座の怪人』みたいにプリマを殺してコーラスを主役にねじ込むという訳でもなし、そもそもあなたのキャリアと実力があっての話なのは間違いのないことなんだから、別に深く考えることはないわ」

歪《いびつ》な愛ゆえオペラ座で殺人を繰り返す怪人《ファントム》——不気味な殺人鬼のイメージが七音美の心を一瞬よぎる。しかし、その不吉な影は社長の明るい声にまたたく間にかき消されてしまった。

「……本当は私も同行して、一緒にあなたを売り込んであげたいところなんだけど、ちょっとスケジュールが難しくってね。七音美ちゃん、一人でも大丈夫よね？　言葉も問題ないし、方向音痴って訳でもないし」

「ええ、全然大丈夫です。けど——」

両手を横に伸ばし、七音美は断頭台に上ったままの姿を見せて微笑んだ。

「フランスに行くためには、まずは自分自身に戻らなくちゃ」

II パリ

華やかで、暖かくて、美しい——昔から歌手《シャンソニエ》が歌い讃《たた》える五月のパリも、雨上がりの午前四時ともなれば人影はなく、暗く、まるで冬に逆戻りしたかのように肌寒い。ましてや殺人事件の発生現場——路肩に停《と》まった警察車輌《しゃりょう》の青い光の明滅が、より一層の寒々しさをあたりにまき散らしている。

５月２日未明、メーデーの警戒勤務明け。眠気をこらえて急行したパリ・オペラ座近くのモンマルトル大通り。エミール・クレール警部補はパトカーの後ろに停めた愛車の運転席で上司の到着を待っていた。

自分が思っていたパリ警視庁の仕事は、こんなもののはずじゃなかったんだけどな……目の前のパトカーの回転灯を眺めながら、エミールはぼんやりと考えている。

ソルボンヌ大学の数学科を卒業したエミールがこの職に就いたのは、大学で取り組んできた数学的論理《ロジーク》を事件の解決に、現実社会に活かせると考えたからに他ならない。

ソルボンヌのキャリアが効いたのか、あるいは制服勤務や内勤の下積み仕事を真面目に勤め上げたおかげか、三十歳の若さで警視付き警部補にまで昇進はしたものの、しかし待っていたのはパリの夜の街、計画性のない窃盗、突発的な暴力、そして行きずりの殺人……論理とはかけ離れた事件、地を這《は》うような地味な捜査ばかりだった。

非論理的な事件ばかり増え続けてゆく世の中の現実は、論理的思考が常に正しい答えを導き出す世界に生きてきたエミールに日々無力感を与え続けた。今夜の呼び出しも、例に漏れず夜の女性の刺殺事件だという。

もちろん、一人の女性の生命が不法に奪われた——という社会的な矛盾を正すことは論理的に正しい行為には違いない。今の自分が為すべき最適解——それは老練の上司、ブノワ警視の捜査補助を真面目に勤めることをおいて他にない……。

エミールの思考を遮るように、独特な古いエンジン音が間近に響いた。

ドアウインドウの外、対向車線を走ってきた年代物のシトロエンが向かいの路肩に停車する。

論理的に考えるまでもなく、その旧型車の主は明らかだった。

上司を迎えるべく運転席のドアを開け、エミールはパリの夜へと一歩を踏み出した。

他に車も走らぬ深夜、濡《ぬ》れた車道に降り立ったブノワ警視は大通りをこちらへと渡ってくる。

角ばった顎、筋の通った鷲鼻《わしばな》、一本残らず白くなった髪。そして、贅肉《ぜいにく》がたっぷりついた腹回り。古い映画スター、ジャン・ギャバンに似ていると皆は言うが、あまり映画を観ないエミールにはそれが本当なのかお世辞なのか判らない。

「遅くにご苦労だな――」エミールに声をかけ、ブノワ警視はそのまま歩道に直進する。

エミールも歩き出し、上司の後に続く。

「非番に呼び出されるのは久しぶりですよ。……よりによってメーデーの深夜にね」

冗談めかしてエミールは言ってみる。警視も同じく本部から指示を受けた労働者。嫌味や反抗に聞こえることはないだろう。

「すまじきものは宮仕え、か」

ふんと鼻を鳴らし、警視は暗いパサージュの入口に立ち止まった。

モンマルトル通りから垂直に北へと伸びる歩行者専用の小径《パサージュ》――19世紀から続く歴史あるアーケード商店街、パサージュ・ジョフロワ。パリ・オペラ座に程近い瀟洒《しょうしゃ》な景観的観光地区は、夜の女性の殺害現場としてはやや意外な印象を受ける。

「こんな場所で殺しだなんて、近頃はパリも物騒になりましたね」

警視は再びふんと鼻を鳴らした。

「この頃少し落ち着いていただけで、今日の現場は伝統ある殺しの舞台さ」

「伝統ある殺しの舞台？　こんな綺麗《きれい》なパサージュがですか？」

エミールの問いに答えることなく、警視はパサージュの中へと進む。

閉店した左右の商店、白と黒のタイルの床、天井に夜空を見せるガラスのアーケード――この時間は薄暗くて少し不気味ではあるものの、やはり殺人現場にふさわしいとは到底思えない美しいクラシックな商店街。きょろきょろとあたりを確認しながら歩くエミールに、前を進むブノワ警視は淡々と語る。

「パリの地下には広大な地下迷宮が広がっている……それは絵本や小説の中、全くの作り話という訳でもない。オスマン男爵が整備した大下水道、地下納骨洞《カタコンブ》、石膏採掘抗、地下運河……。様々な種類の地下の孔《あな》が、パリ・コミューン、占領下のレジスタンスやナチス、それぞれの時代の『地下の住人』によってつなげられ、根城《ねじろ》にされ、そして数多《あまた》の拷問や虐殺の現場にされ続けてきた……」

「その気味の悪い地下の世界が、このパサージュの下にもあるって言うんですか？」

「ああ。オペラ座の地下にある地底湖への秘密の通路だった――という言い伝えはあまり真に受けられる話じゃないが、この真下に地下道が走っているのは本当で、温めた空気を床の孔からパサージュに噴き上げる暖房設備用に、少し前まで現役で稼働していたらしい」

ぼんやりと明かりの灯《とも》った一軒の店の前、ブノワ警視は立ち止まった。

「……そしてこのパン屋が、その地下世界への入口だ」

まだ一つもパンが並んでいない店先を抜け、ブノワとエミールは白い粘土細工のような焼入れ前のクロワッサンやバゲットが作業台に並ぶ工房へと進んだ。奥の一角、コック服姿のパン屋の主人らしき男性が俯《うつむ》いて椅子に腰かけ、その前に立つ制服警官たちとスーツの女性が静かに言葉を交わしている。

警視の登場に気づいた警官たちは敬礼し、スーツの女性は一歩こちらへと歩み出る。

エミールとは別チームに属する一課の一員、後輩のカリエール捜査官だ。

「ブノワ警視、クレール警部補、お休みの日にご苦労さまです」

「いや、君たちも遅くにご苦労——」皆に軽く挨拶し、ブノワはパン職人の前に立った。

「ご通報とご協力感謝します。私はパリ警視庁捜査第一課、ジャン・ブノワと申します」

手にした帽子を握りしめ、パン屋はブノワとエミールの顔を不安げに見上げた。

「主人のポージェと申します。すいませんが、そろそろ仕込みの続きをしないと、開店の時間に間に合わないんですが……」

「もうそれほどお手間は取らせませんのでご安心を。……現場検証は進んでるんだろ？」

警視の視線にカリエール捜査官は頷《うなず》く。

「はい、あとは警視にご確認いただければ問題ありません」

エミールたちの顔を見渡し、パン屋はぼやくように言った。

「このパサージュはどの店からも地下道に出られるようになってるんです。この辺りのアパルトマンの地下からも外部の地下道経由で自由に出入りできます。最近は若い連中の間で『パリの地下探検』なんて馬鹿な遊びが流行ってるでしょ？　だから外との境に壁を作るべきだって、私は以前から言い続けてきたんです。こんなことになる前に、壁さえ作っていれば……」

大きなため息をつき、パン屋は俯いた。

「やはり、被害者は外部からこの地下道にやって来たんでしょうか？」

警視の問いに、パン屋は顔を上げる。

「そりゃそうでしょう」

「しかしポージェさん、どうしてあなたはその死体を発見することになったんです？」

「それは……」なんとなく言い訳がましくパン屋は答えた。

「パサージュの店は地下を路地裏代わりに使っていて、うちも店の地下室の外にゴミ箱を置いてるんです。別に違法なことをしてる訳じゃなくって、商店会で認められた問題のない使い方なんですよ？　それで、今日の仕込みで出たゴミを捨てに、地下道に出てみたら……」

　そこで目にしたものを思い出したかのように、饒舌《じょうぜつ》なパン屋の口の動きは止まった。

　警視は大きく頷いた。

「判りました。あとは私自身で確認しましょう」

　警視はカリエール捜査官に目配せする。カリエールは「こちらです」と言って部屋の隅にある螺旋《らせん》階段に向かって歩き出す。警視とエミールも後に続く。

　階下に進むほど靴音が反響する鉄の階段を下り、三人は薄暗い倉庫のような地下室に降り立った。カリエールは段ボールの山の間の一本道を進み、その先の鉄製のドアを手前に引いた。

　外に出るよりも早く、独特な臭気を含んだ湿った空気がエミールたちを包む。思わず顔をしかめるエミールに、カリエールはかすかな苦笑を浮かべて言った。

「ハンサムな顔が台無しですよ。……すぐに慣れます。13区で流行《はや》りの漢方サウナと思えば楽勝です」

「サウナ……。地下はそんなに暑いのかい？」

「いいえ。湿度と不快感だけの話です。温度はむしろぞっとするほど低いです。……どうぞ。足元が滑りやすいのでお気をつけて」

　カリエールが押さえてくれるドアを抜け、警視とエミールはパサージュ下の地下道へと降り立った。

地下鉄一両通れるぐらい、古い石レンガでできた地下道はたしかにぞっとするほど寒かった。夜前の雨水が下水へと向かっているのか、ちょろちょろと水の流れる音が小さく反響している。パン屋のドアから五メートルほど先、うずくまる鑑識官たちの姿とランタンの灯《あか》りが事件の現場を示していた。

三人はゆっくりと歩みを進める。

「ご苦労――」

鑑識官たちに言葉をかけて挨拶を交わすブノワの隣、立ち止まったエミールは床石の上、仰向けに横たわる死体を眺め、そして呆然《ぼうぜん》とした。

片方脱げたピンヒール、脇に落ちたスパンコールの小さなショルダーバッグ、丈の短いワンピース。胸元や腹部、ワンピースは何ヶ所も無残に裂け、その下のぱっくりと開いた傷口から流れ出た大量の血液で、ピンクの生地はまだらにどす黒く染まっていた。

理不尽な暴力で命を絶たれた女性の死体――悲しいかなエミールは随分見慣れてしまっていたが、目の前に横たわる死体の首から上には、今まで遭遇したことのない奇妙な作為が加えられていた。

部分部分に短い髪を残し、女の頭は乱雑な坊主頭に刈り込まれていた――。

「なんだ……これは」

屈《かが》み込む警視に、隣の鑑識官は事務的に説明する。

「死後、横たわった状態で刈られたものと思われます。地面に近づくほど切り残しが多くなっています。髪や頭部に付着した血痕、胸部と腹部計八ヵ所の創傷の独特の形状。……殺害に用いた凶器のハサミを使って被害者の頭髪を切ったと考えて、まず間違いないでしょう」

「ハサミ？」

ブノワの低い声が地下道に響く。

同じ言葉がエミールの胸の内にも響く。

被害者の髪を刈る異常さはもちろん、ハサミが凶器の殺人事件というのも珍しい。プロが使う裁縫用や理髪用、そもそも人を殺せるほど鋭利なハサミを用意しなければ、そう簡単にハサミなんかで人を殺せるものではない。

警視は立ち上がり、カリエールに顔を向けた。

「……たしかに変わったケースのようだが、わざわざ私がこの事件を引き継ぐのは、何も彼女のヘアスタイルが理由という訳じゃないんだろ？」

「はい、被害者が握っていた一枚のメモが理由かと思われます。そこに書かれていたホテルの部屋番号を本部で確認したところ、誰だか国家レベルのＶＩＰの住まいだったようで……。それで、この件は警視に引き継ぐことになったようです」

「そのメモというのは？」

カリエールの目配せで鑑識官は立ち上がり、「これです——」と証拠保存用のビニル袋に入った一枚の紙切れをブノワに手渡した。

受け取ってじっと眺めるブノワの隣、エミールも上司に身を寄せてメモを読む。

　ホテル・ガルニエ　カンヌ　406

葉書サイズのメモ用紙、血で汚れていない部分にはそんな言葉が読み取れる。

血に染まった部分にも何か文字が書かれているようだが、目を凝らしてもその文字は正確に読み取れない。

エミールは鑑識官に尋ねた。

「下のほう、血で汚れている部分、なんて書いてあるんでしょうか？」

「ルーペで読み取る限りでは、オルレアンの魔女《ラ・ソルシエル・ドルレアン》——と書かれているようです」

「オルレアンの魔女？」

裏返ったエミールの声が地下道に反響した。

「……なんですか？　それ？」

エミールは居並ぶ人々の顔を見渡した。

しかしエミールの声の残響以外、地下道に新たな声が響くことはなかった。

III　カンヌ

I

「ところでお嬢さん、あんたは女優さん……なのかい？」

カンヌの気候、自分の運転キャリア、今まで乗せた大物映画人たちのこと――他愛ないお喋《しゃべ》りを続けていた運転手はふいに後部座席に顔を向けた。

ニース・コートダジュール空港からカンヌに向かうタクシーの中、日本とあまり変わらない高速道路の景色をぼんやり眺めていた七音美《なおみ》ははっとして運転席に視線を返した。

「いいえ、私は……歌手なんです。オペラなんかを歌う、クラシック音楽の」

「なるほど。道理で女優並みの美人なのに、女優とは一味違う風格が漂っている訳だ」

二の句には必ず女性を褒めるフランス人――今自分がいるのが日本ではないことをひしひしと感じ、七音美は少し可笑《おか》しくなる。

肩を竦《すく》めて七音美は微笑んだ。

「歌ってないのに褒めてもらえるなんて、劇場の観客がみんな運転手さんみたいな人だったら良いのに」

「ハハハ――」出口のランプを下りながら、正面に向き直った運転手は愉快そうに笑った。

「フランス語が達者なだけじゃなく、お嬢さん、あんたはなかなかのエスプリの持ち主だな。映画であれ音楽であれ、芸能の世界じゃ、あんたの機転は強い武器になるだろうね」

上機嫌な運転手のハンドル操作でタクシーは一般道に降りた。背の高い防音壁がなくなったせいか、空が広くなり、青くなり、景色が格段に南仏らしくなる。海はまだ見えず、沿道は殺風景、道はパリの郊外並みに混んでいるが、この空は間違いなく南仏の青空だ。

窓の外を眺めながら、七音美はしみじみつぶやいた。

「私、とうとうカンヌに着いたんですね」

「空の青さに感動した？　でも、海とビーチを見るまでは、まだ感動するのは我慢しておいた方が良い」

「そんなに綺麗《きれい》なんですか？」

「ああ、俺の語彙ではとても表現できないぐらいにね。あと五分程度で到着するから、自分の目で確認すると良い」

「判りました、そうします。……でも、カンヌは随分車が多いんですね。音楽祭シーズンのエクサン＝プロヴァンスもオランジュも、全然、こんなことはなかったのに」

今まで訪れた南仏の町を思い出し、七音美は前方に数珠つなぎになった車列を眺めた。

「この時期はヨーロッパ中、世界中の映画関係者がカンヌを目指してやって来るからね。映画祭が始まるのは来週だが、商売っ気の多い業界人は早めに前乗りして、目当ての出資者や監督とのアポを取ろうと動き回ってる。中には詐欺師まがいの連中もいるから注意しなきゃいけない。だからお嬢さん、これだけは俺と約束して欲しい――」

赤信号で停《と》まった車、運転手は再び振り返って格言めかした口調で言った。

「五月のカンヌ……この映画の街で、簡単に他人の話は信じちゃいけない」

*

海岸沿いのコンベンションセンター、映画祭会場のパレ・デ・フェスティバル《祝祭の殿堂》。おなじみのレッドカーペットが敷かれたホール正面とは反対側、カジノ側入口前の広場――ロラン指定の場所でタクシーを降り、七音美は周囲を見渡した。巨大なパレの建物に隠れてその先の海は見えないが、海からの涼しい風と南中する太陽の光がなんともいえず心地良い。

パレ脇の入江はハーバーになっていて、停泊するクルーザーのマストが所狭しとひしめいている。ハーバー沿いの道には椰子《やし》の木々が行儀良く等間隔に連なり、その向こうには白壁に赤茶色の屋根、南仏らしい家々が重なる美しい丘陵風景が見える。

運転手さんが言っていた通り、この心地良さはたしかに言葉にできないな——。

目を閉じて、七音美はカンヌの空気を胸一杯に吸い込んだ。

「……マダム・アモウですか？」

背後からの声に、七音美ははっとして振り返る。

そこにはボーダー柄のシャツ姿、体格の良い日焼けした初老の男性が立っていた。

「はい、そうですけど……あなたは？」

「私はジャック・ロラン氏のカンヌでの助手、ギャロと申します。先にお見えのお客様がまだお帰りにならないので、ロラン氏に代わってお迎えに参りました」

五月のカンヌでは簡単に他人の話を信じちゃいけない——運転手の言葉を思い出し、七音美はじっと男を観察する。

機材運搬などの力仕事もこなさねばならない演出家助手として、水泳選手のような体格の良さはひとまず納得できる。

しかし、健康的に茶色く日焼けした肌の色は、劇場や稽古場、室内での仕事がメインの舞台関係者として、まず絶対にあり得ない。

　七音美の疑いのまなざしに気づいてか、男は愛想の良い笑顔を見せた。

「まぁ助手と言っても、彼がカンヌのオフィス代わりに借りているマダム・ブラパンのクルーザーの雇われ船長。船が港に泊まっている間、こうしてちょっとした用事を頼まれる程度のことなんですがね」

　演出家の助手というよりも明らかに海の男――自らの格好と雰囲気を言い訳するように、男は腕をハの字に開いて無防備な姿をさらして見せた。

「そうですか……お迎えありがとうございます。ムッシュ・ロランはクルーザーをカンヌの拠点になさってるんですね。きっと気持ちの良い事務所なんでしょうね」

　疑った罪ほろぼしに目一杯の笑顔を作る七音美に、男も明るい表情で応えた。

「もちろん宿泊はビーチ沿いの五つ星ホテルですが、彼ぐらいのクラスになると来客用のオフィスを別にしておかないと落ち着かないだろうって、うちのボス《パトロンヌ》、マダム・ブラパンが毎年クルーザーを提供しているんです。皆さんで島に遊びに行く時はもちろん私が操縦しますから、マダムもロラン氏も、いつも私を『船長』とお呼びになります。よろしければあなたもそう呼んでください。……さぁ、ご案内しましょう。オフィスの船はパレ脇のハーバー、ここから目と鼻の先です」

七音美のスーツケースをひょいと持ち上げ、船長はマストひしめく海の方へと歩いてゆく。

私の名前、待ち合わせ場所、マダム・ブラパンの話題……ここまで話が噛《か》み合うなら、この人物は間違いなく本物のロランの助手だろう。

七音美は船長の水先案内を信じることにした。


船長の言葉通り、その大きなクルーザーはパレにほど近く、埠《ふ》頭《とう》から短く伸びた桟橋の先に係留されていた。

船側《せんそく》が車のルーフのようにキャビンを覆う周囲の船と違い、その船は傾斜タラップを上った先に甲板、船室の側面に屋上への階段がある、まるで小型の豪華客船のような立派な船だった。

甲板に上がった七音美に、船長はスーツケースを持ったまま言った。

「今日みたいに気持ち良く晴れた日には、船室ではなく屋上がロラン氏のオフィスになります。お荷物は下でお預かりしておきますから、どうぞ上階にお上がりください。……まだアメリカ人の先客が帰っていないみたいですが、あなたが到着次第お通しするように言われていますので、どうぞご遠慮なく」

船長の言葉に従い、七音美は階段をゆっくりと上がる。

何だか妙に緊張してきた——七音美の胸に急に不安が湧き上がる。

初夏っぽいアイボリーのワンピースを着てきたけれど、ちょっと幼な過ぎはしなかっただろうか？

トレードマークの黒髪はいつも通り肩の下まで垂らしているが、アップにした方が南仏のリゾートっぽくはなかったか……。

しかし、クルーザーの階段はゆっくり悩めるほど長くはなく、七音美はすぐに南仏の太陽の下、白いマストの林の真ん中に放り出されてしまった。

あまりの太陽のまぶしさに、視界が一瞬真っ白になる。

七音美の立つ少し先から明るく大きな声が響く。

「ナオミ！　はるばるよく来てくれたね！」

七音美の視線の先には水色のジャケットを羽織った長身の男性、両手を横に拡げながらこちらに近づいてくるシルエット。

数歩歩いて七音美の前に立ち止まった栗色《くりいろ》の髪、青い瞳、愛嬌《あいきょう》のある上品な微笑み――それは次期パリ・オペラ座の芸術監督にして若き演出家、映画監督、ジャック・ロランその人に違いなかった。

「迎えに行けなくて悪かったね。古い友人と、つい話し込んでしまっていたものだから……」

ロランは自らの背後に視線を向けた。

船尾にコの字形に造りつけられた広々としたソファー、その片側に一組の男女が体を深く沈めて座っている。金髪をオールバッグにした体格のいい中年男性。ショートボブの黒髪にパンクっぽい格好をした若い女性。二人とも大きなサングラスをかけている。

　ロランは言った。

「紹介するよ、あちら、アメリカの映画プロデューサーのミスター・ジム・ゴールドスタイン。そしてハリウッドで目下売り出し中の新進女優、ミス・レベッカ」

　ソファーの方へゆっくりと歩き出したロランに続き、七音美も先客の座るソファーへと近づく。ゴールドスタインの斜め前に立ち止まり、「そしてこちらは――」とロランが言いかけた時、アメリカ人プロデューサーは大きな掌《て》を広げてロランの言葉を制止した。

「待ってくれ。俺は彼女を知ってるぞ……えーっと、たしかコレエダの映画に出てたんだっけ？　それともカワセの？　いや、デビッド・リンチの映画だった？　あれ？　それとも去年ここで会ったんだっけ？」

「……」

　本当に誰かと間違えているのか、それともただ適当なことを言っているだけなのか――七音美は判断できずに黙ってしまう。

　七音美に代わって、隣のロランが呆《あき》れた様子で答えた。

「ナオミは映画じゃなくて僕の舞台のパートナーさ。来期のパリ・オペラ座、プルミエ公演で主役のジャンヌ・ダルクを歌う若手ナンバーワンのソプラノ歌手、こちらはナオミ。アモウ・ナオミさんだよ」

「ああ！　そうだったのかい！　あんまり美人なんで、てっきり日本の女優なのかと思ったよ。……じゃあ、こないだロックフェラーの連中と観《み》に行ったメトロポリタン・オペラの舞台で見たんだな、きっと」

「残念ですが、私はまだメトに出演したことはないです」

「そうかい、そうかい――」大きく頷《うなず》きながら立ち上がり、ゴールドスタインは一歩進んで七音美に掌を差し出す。何だかよく判らない勢いに圧《お》されて、七音美は差し出された掌に恐る恐る握手の手を添えた。

七音美の掌を力強く摑《つか》み、ゴールドスタインは不自然なほどに真っ白な歯を見せる。

「なに、君ほどの美人ならメトの舞台に立つのもあっという間だろう。映画に出ても、君ならきっと成功間違いないだろうね。その道に進む気になったら是非俺に相談してくれ。ソフィアでも、ティムでも、きっと君に相応《ふさわ》しい監督をデビュー作にセッティングしよう。……それともこういうのはどうだろう？　今俺が一推しの女優、ミス・レベッカと日米の新進女優ダブル主演、フランス映画界の貴公子、ジャック・ロランの次回作を撮るっていうのは」

○6○

ゴールドスタインは背後に座るレベッカ、目の前の七音美とロランをにやけた視線で眺め渡した。

「いやいや――」

すかさずロランが口を開く。

「僕はしばらくオペラの仕事がメインになるだろうから、残念ながら映画を撮るのは当分お預けだね。……しかしジム、日本からカンヌまで長時間かけて来てくれたプリマドンナと、僕はそろそろ打ち合わせをしなきゃならないんだ」

「ああ、そうだな。いい加減失礼しなきゃな」

七音美の掌を放し、ゴールドスタインは大きな掌をそのままロランに差し出す。

「ジャック、さっきの話、よろしく頼んだぜ。ことの成否は『女王様《レジーヌ》』のお気に入り、あんたの口添え一つにかかってるんだからな」

ロランは肩を竦めた。

「僕にそれほど影響力があるとは思えないけどね。まぁ、明日の件は言うだけ言ってみよう。それ以上の話は、君から直接頼んだ方が良いだろうね。……じゃあジム、今日はわざわざ挨拶に立ち寄ってくれて本当にありがとう」

ゴールドスタインの掌を軽く握り、ロランは体をずらして階段への道を空ける。

「ああ、判ったよ。じゃあ、くれぐれもよろしくな。……行くぞ、レベッカ」

呼ばれたレベッカはソファーを立ち、七音美の前に進んでサングラスを外した。最前までのショートボブにサングラスの大人っぽい雰囲気とは対蹠《たいしょ》的に、その素顔は随分幼い印象だ。

薄い緑色の瞳で七音美を見つめ、レベッカはニヤリと笑った。

「随分オリエンタルな雰囲気のジャンヌ・ダルクなのね。オペラって、肌が黄色くっても主役になれるんだ」

七音美が英語を理解できないとでも思っているのか、独り言のように言うレベッカの侮蔑的な口調にカチンときて、七音美は満面の笑みを浮かべて応えた。

「適性と正しい練習、その結果の優れた表現……それさえあれば、音楽に人種なんて関係ありませんからね。その点女優さんは大変ですね。つきたい役のイメージに合わせて年齢以上に大人びた格好をしたり、自分の髪の色とは違う色のウイッグをつけたり……」

ウイッグがズレているのか——と確認でもするように、レベッカは慌てて自分の頭に手を遣った。瞳の色と眉の色とのバランス、そして直前のゴールドスタインたちの会話から導いた七音美の推理はどうやら上手く当たったようだ。

七音美は続けた。

「マダム・レジーヌ・ブラパンと親しいムッシュ・ロランに仲介を依頼して、お二人は彼女の代表作、『黒い髪のエレーヌ』の映画化でも狙ってらっしゃるんじゃないかしら？　違っていたらごめんなさい。でももしそうなら、タイトルだけじゃなくてちゃんと本も読んだ方が良いかもしれませんね。あの小説のエレーヌはたしかに黒髪だけど、ショートボブじゃなくて『町の誰もが褒め称《たた》える、長くて美しい黒髪』だって書かれていますから」

　ウイッグから手を離し、レベッカは言葉なく七音美の顔を見つめた。

　隣のゴールドスタインもぽかんとして七音美の笑顔を眺めている。

　三者の表情を見渡すように確認し、ロランは大声で笑った。

「ハハハハ――。何から何までその通り。適当なことばかり言うミスター・ゴールドスタインとは大違いのご明察。恐れ入ったよ。……ジム、彼女のアドバイスに従ってアンティーブ通りの本屋にでも寄って帰ると良い。あそこなら英語版の『黒い髪のエレーヌ』も売っているだろうからね」

「こりゃたまげたな――」

　サングラスを外し、ゴールドスタインは七音美の顔をまじまじと眺めた。

「どうだい？　日本のミステリー小説の権利を買ってくるから、『美人の女性探偵』役で、本気で映画の主演を考えてみないか？　今日本で流行《はや》ってるんだろ？　そういうの」

「いいえ、私は歌手ですから。そんなのとても柄じゃありません」

「そう言わずに、まぁ考えておいてくれ。……今日は会えて良かったよ、マダム・アモウ」

機嫌良く微笑み、ゴールドスタインは階段の方へと去って行った。

レベッカは睨《にら》むでもなく七音美の顔をじっと見つめ、呆れたように両肩を持ち上げて「じゃあまたね《オルヴォワール》、ナオミ」と鼻にかかる挨拶を残してゴールドスタインの後に続いた。

ロランの勧めで七音美はゴールドスタインたちが座っていたソファーに腰を下ろし、ロランは七音美の向かいに座って長い脚を組んだ。

「到着早々、つまらないお喋りに付き合わせて悪かったね」

周囲の海にも負けない爽やかさで微笑むロランに、七音美は「全然――」と左右に首を振って微笑む。

「想像通りの業界人……って感じの方で、なんだかカンヌに着いた実感が湧きました」

「君にとって、映画の業界人ってあんなイメージなの？　映画人の端くれとして、僕はちょっと悲しいなぁ」

「いや、映画業界の人って言うより、映画プロデューサーって言った方が良かったかな？」

口を滑らせてしまったか――少し焦る七音美に、ロランは大袈裟《おおげさ》な笑顔を作ってみせた。

「いやいや、冗談だよ。実際、あんな感じの業界人は今日あたりからこのカンヌに、まるで雨の後のきのこのようにわんさかと生えてくる。……さっきのゴールドスタインも、少し前まではアクション映画なんかで結構ヒットを出していたんだけどね、最近はハズレばかりで、古いB級映画を発掘してアメリカ各地で上映する『カルト・ムービー映画祭』の企画と運営で、なんとか負債を返しているらしい」

「負債……。やっぱり厳しい世界なんですね」

「プロデュース業は当たれば大きいけど、外すことも多い。漁師と似ているね」

周囲の船と海をちらりと眺めロランは続けた。

「起死回生のヒットを狙い、彼はさっきのレベッカっていう恋人を主役に『黒い髪のエレーヌ』を撮りたいらしいんだ。……子どものいないレジーヌは監督業の弟子である僕を息子のように可愛がってくれているから、藁《わら》にもすがる気で僕を頼ってきたんだろうね」

「でも、シリアスな悲恋の物語の主役に、彼女はちょっとミスキャストなんじゃ……」

「ああ、僕もそう思うね。彼の手にかかれば、映画に残るのはいつもせいぜいタイトルと設定、あと原作者のクレジット程度のものなのさ。『フランス文学界の女王、レジーヌ・ブラパンのゴンクール賞受賞の傑作、奇跡の映画化』……まぁ、そんなことを言いたいのさ、彼は。そしてきっと『全米が泣く』んだ。間違いない」

皮肉っぽいクールな笑みを作り、ロランは続けた。

「しかし、以前は自分自身で映画も撮っていたレジーヌは、自作を他人に映画化させるなんてことはまず絶対にありえない。仲の良いゴダールやロメール、ルルーシュに頼まれてもウイと言わなかったんだから、ゴールドスタインの望みなんて叶《かな》う訳がない。それは判りきったことなのさ。……まぁ、レジーヌとの面会の機会だけは、気の毒だから設定してあげようとは思うけどね」

「そうなんですね。でも、マダム・ブラパンが映画もお撮りになってたなんて、私、全然知りませんでした」

「そうだろうね。『映画はスクリーンに投射される瞬間的な幻想《イリュジオン》だ』という彼女の芸術論から、レジーヌは自作のソフト化を一切許可していないからね。彼女の住まいに保管されている映画のマスターフィルムは、だからとても大切なフランスの宝なのさ」

優雅に足を組み替え、ロランは改めて七音美の瞳をじっと見た。

「ところでナオミ、君はレジーヌ・ブラパンという作家について、どれぐらいのことを知っているのかな？」

「えーっと……」

ちらりと青空を見上げ、七音美は出発前に調べたことを思い出す。

「現代フランス文学を代表する小説家で劇作家。フランス中部のオルレアン出身。第二次大戦中、敵国の士官と恋におちた女性の悲恋を描いたロマンス小説『黒い髪のエレーヌ』でゴンクール賞を受賞。ジャンヌ・ダルクの悲劇を韻文劇に仕立てた戯曲『オルレアンの聖女』でフェミナ賞を受賞。ド・ゴール大統領に文化大臣就任を要請されるも、五月革命の学生運動側を支持していた彼女は壁に灰皿を投げつけて激怒して固辞」

「ハハハハ、よくご存じだ――」ロランは愉快そうに笑った。

「そこまで詳しく知っているなら、僕から改めて説明する必要はなさそうだね。……けど、そんな彼女も今では足を悪くして車椅子メインの生活。五年前からこのカンヌでのんびり隠居暮らしを楽しんでいる、ほんの少しだけ気難しい、優しくて穏やかなおばあさんさ」

「そうなんですね――」七音美は微笑み、そして最も気になっていたことを尋ねた。

「マダム・ブラパンは私を『オルレアンの聖女』の主役に推薦してくださったそうですけど、それはどうしてなんでしょうか？」

「それは当然、君の声、君の才能を第一に評価してのことなのは、まず間違いのないことさ。けど……」顎に指を添え、思案するようにロランはしばしば船のデッキを見つめる。

黙って答えを待つ七音美に視線を戻し、ロランは言った。

「君の美しい黒髪――それが彼女のジャンヌのイメージ、そのものだと言うんだよね」

2

「私はパリ警視庁のジャン・ブノワ。こちらは同じくエミール・クレール。……失礼ですが、お名前は？　マダム」

「イネス・ブラパンと申します」

「こちらのお部屋の借主、マダム・レジーヌ・ブラパンとのご関係は？」

「私は彼女の娘です」

ホテル・ガルニエ４０６号室。

南仏の高級リゾート地、カンヌのクラシックホテルのスイートルーム。

風格あるドアを入ってすぐ、広々としたメインルームの一隅の応接セットにエミールたちは案内された。

エミールたちの正面に座るイネスと名乗った女性は六十代ぐらいだろうか？　一本の白髪も残さないほど念入りに黒く染めた髪を顎のラインで一直線に切り揃《そろ》え、灰色のかっちりとしたセパレートを着た姿からは、まるで中世の修道女、あるいは生真面目な女教師のような堅い印象を受ける。

彼女の背後、部屋奥の窓の外には青い空と海、岬から少し先に浮かぶ島――初夏のカンヌの明るい景色が美しく広がっている。しかし、突然訪れた警察への警戒心のせいか、イネス・ブラパンの表情はまるで冬のノルマンディーのように暗い。

「パリの警察の方が、私どもに一体何のご用でしょうか？」

「いえ、パリで起きた事件に関連した、ちょっとした確認程度のことでしてね――」ブノワ警視はいつになく愛想の良い口調で続けた。

「できれば、マダム・レジーヌ・ブラパンからもお話を伺えればと思うんですが」

「生憎《あいにく》、母はお会いしないと申しております。私が代わりにお話を伺うようにと……」

「お加減でも悪いんですか？」

「いいえ、そうではありません。ただお会いしないと申しているだけです。なにしろ体の自由もおぼつかない高齢者なものですから、時によって気分が上がったり、下がったりで……。一度こうと言ったらまず意見を変えません。もし会わなければ逮捕されるというようなことでしたら、話は別だとは思いますが……」

イネスの不安げなまなざしに、ブノワは一層柔らかな口調で答えた。

「いえいえ、そんなことはありません。御年八十六歳、我が国の文化に長らく貢献なさってきた偉大な芸術家、マダム・ブラパンのご意志は最大限尊重させていただきますよ。なに、今回はちょっとした安全確認のため訪問させていただいた程度のことですから。……しかし実に豪華なお部屋ですな。こんな部屋に一度で良いから泊まってみたいものだな、エミール」

相手をリラックスさせるための雑談と心得て、エミールもにこやかに応じる。

「本当ですね。でも、私の給料じゃ、一泊どころか一時間すら無理ですね」

エミールもブノワに合わせて部屋を眺める。壁際にバーカウンター、窓近くには今自分たちが座っているのとはまた別のゆったりしたモダンなソファーが設えられている。左右の壁にはそれぞれ木製のドア。おそらくそのどちらかがレジーヌ・ブラパンの居室につながっているのだろう。そして部屋の中央には大理石の低い角柱のような台があり、その上には馬に乗った甲《かっ》冑《ちゅう》の騎士らしき像が飾られている。

「いつ頃から、この素敵なお部屋にお住まいなんですか？」

若いエミールの他愛のない質問に、イネスはわずかに警戒を解いた様子で答えた。

「五年ほど前にパリから引っ越してきたんです。最初はワンシーズンの避暑のつもりだったんですけど、母がこの部屋からの眺めを大層気に入ってしまって」

「そうなんですね。小説家のお仕事なら、なにも都会に住む必要はありませんもんね。……最近、パリにお出かけになったりはなさいましたか？」

「いいえ、パリには全然。もう二年近く行ってないんじゃないかしら？」

やんわりとブノワが会話を引き継ぐ。

「――ということは、先週末の5月1日の夜も、マダムたちはカンヌにいらっしゃったと考えてよろしいでしょうか？」

「ええ。このところ特に出かけたりはしていませんから、それに間違いはありません。フロントやコンシェルジュに確認していただければ、私どもがいつも通りの生活を送っていたことはきっと証明してもらえると思います」

「そうですか。まぁ確認するまでもないことですが、念のため後で確認しておきましょう。……さてエミール、例の写真をこちらのマダムに」

「あ、はい――」

ブノワに言われ、エミールは脇に置いたブリーフケースから一枚の写真を取り出した。

パサージュ・ジョフロワの殺人事件、被害者のSNSからプリントした生前の笑顔のスナップ。エミールから受け取ったその写真をイネスはじっと見つめる。

ブノワは問うた。

「その女性に見覚えはありませんか？」

「さぁ……特には」

「パリ在住のクロエ・ルルーという二十二歳の女性です。名前を聞いてお心当たりは？」

「いいえ。少なくとも、私どもの友人や知人の中に、そんな名前の方はいませんわね」

「彼女は5月2日未明にパリで起きた殺人事件の被害者なんです。彼女の持ち物の中に、このホテル、この部屋番号が書かれたメモが残されていました」

「まぁ……。じゃあ、私どもは殺人事件の容疑者なんですの？」

驚いたように顔を上げ、イネスは怯《おび》えた視線をエミールたちに向けた。

「いいえ、マダム・ブラパンやあなたを我々はこれっぽっちも疑ってはいませんよ。我が国の文化省のＶＩＰ、マダム・ブラパンの身辺に何らかの犯罪の影が忍び寄ってはいないか、安全確認と注意喚起のため、我々はこうしてお邪魔したまでです」

イネスの目をじっと見つめ、ブノワは続けた。

「殺人事件の被害者が、この部屋のアドレスが書かれたメモを持っていた——それに関して、何か思い当たる理由はありませんか？」

「……」

しばし考え、イネスは無言で首を左右に振った。

ブノワは質問を続ける。

「マダム・ブラパンはオルレアンのご出身でしたね？」

「ええ、そうですが……。それが、何か？」

「彼女のそのメモには、部屋のアドレスだけではなくこんな言葉が書かれていました。――『オルレアンの魔女』と」

「オルレアンの魔女？」

「……その言葉に、お心当たりは？」

再び考え込み、そしてイネスは不安げな顔を見せる。

「その言葉自体には、特に思い当たることは……。ただ、母の代表作の一つに『オルレアンの聖女』という戯曲があります。刑事さんが仰言《おっしゃ》ったように母はオルレアンの出身、若い頃気性が激しかったせいか、文壇の古老や政治家たちから『魔女』なんてあだ名されていた時期もあります。『オルレアンの魔女』というのは、もしかすると母のことを示していて、母に対する何らかの犯罪の予告や計画だとしたら……。どうしましょう……怖ろしいことですわ」

「マダム・ブラパンの安全の確認が我々の仕事です。我々がパリに戻った後も、必要であれば地元警察が警戒を続けます。ですのでどうかご安心を。……ところで、その写真、クロエ・ルルーの顔と名前を母上もご存じないかどうか、できれば確認させていただきたいのですが」

しばしブノワの目を見つめ、イネスは「判りました――」と小さく答えた。

写真を受け取ろうと手を伸ばすエミールの前、イネスは写真を差し出すことなく、ゆっくりと席を立った。

「私が見せて参ります。……それでよろしい？」

ブノワは頷いた。

「ええ、お願いします」


イネスが隣の部屋に消えた後、エミールは小声でブノワに尋ねた。

「警視、良いんですか？　面通しを家人に頼んだりして」

「ん？　何が問題だと言うんだ？」

「だって、写真を見た時の反応で、証言の信憑性《しんぴょうせい》を見極めるのが捜査のセオリーなんじゃ……」

「ハハハハ――」ブノワは豪快に笑った。

「レジーヌ・ブラパンは八十六歳の高齢女性。最近は足を悪くして車椅子がメインの生活だという。それに作家としての社会的な地位も信用もある。パリの地下道で夜の女を猟奇的な方法で殺すなんて到底考えられない。彼女は間違いなくシロ、面通しは被害者を知らないかどうか、あくまでも確認のためさ」

「はあ……」

たしかにエミールだってそう思う。しかし、被害者が末期《まつご》に握りしめていたメモに示されているのかもしれない人物を、そう簡単に容疑から外してしまって良いものなのだろうか……。

「お前の心配も判る。クロエ・ルルー嬢の命を無残に断った犯人に対する怒り、刑事としての真面目な義務感も理解できる。しかし、パリの夜、暗い地下の殺人と、陽光輝く映画祭のカンヌ――この二つが結びつくことはまずあり得ない」

「じゃあ、どうしてわざわざカンヌに来たんです？」

「お前は来たくなかったのか？　いつもの地を這うような仕事とはかけ離れた、南仏の高級リゾート。心地良い日差し、旨《うま》いブイヤベース」

「ブノワ警視！」

　頓狂な声を上げてしまったエミールに、ブノワは低く笑って応えた。

「ハハハ。冗談さ、冗談。レジーヌ・ブラパンが文化省のＶＩＰであることは事実だ。彼女を示しているのかもしれないメモが現場に残されていた以上、彼女が事件に関係なく、身辺に危険がないことを我々はひととおり確認しなきゃならん。そのための今回の出張だ。……心配せずとも、パリに戻ればクロエ・ルルー殺しの地道な捜査が我々を待っている。何も焦る必要はない」

「でも、本当にブラパン家の人々を容疑から外してしまって良いんでしょうか？」

「エミール――」ブノワは呆れたように部下の名前を呼んだ。

「ソルボンヌの数学科を出たお前なら、確率の考え方は判るだろう？　……考えてみてくれ、パリの街、被害者は夜の女性。ここ数年の猟奇的な殺人事件の犯人の性別は？　まず男性の確率はどれぐらいだ？」

「……まぁ、ほぼ一〇〇パーセントですね」

「じゃあ、女性かつ高齢者の確率は？」

「……今のところ、ゼロです」

「まぁ、そういうことさ」

「しかし警視、確率というものはですね――」

エミールが食い下がろうとした時、ガチャリと音を立ててレジーヌの部屋のドアが開いた。


「やはり、母も彼女の顔も名前も存じ上げないとのことでした」

元の席に戻ったイネスはエミールに写真を差し出した。

写真を受け取るエミールの隣、ブノワは愛想良く言った。

「そうですか。ご協力感謝します。……しばらくマダムの身辺の安全を確認してから我々はパリに戻ります。この数日で外出のご予定などはありますか？」

「ええ。明日、お客様たちを島にご案内する予定ですが……」

「島、ですか？」

「ええ――」イネスは振り返って背後の窓に顔を向けた。

「窓の外に見えている、あのサント＝マルグリット島に。気に入ったアーティストの来客があると、母はいつもあの島へクルーザーでお連れするんです」

「ほう。それはまた優雅ですな。明日のお客様というのは？」

「この秋に母原作の新作オペラを上演する、パリ・オペラ座の演出家と出演者の皆さんです」

「ほう、オペラ座の……」

ブノワの声がほんのわずか低くなったのをエミールは聴き逃さなかった。

オペラ座は自分たちが追っている事件の現場、地下道があるパサージュ・ジョフロワのすぐ近くだ。

夜の女性殺害の犯行現場は、犯人の生活圏と重なる確率が高い――。

スーツの胸ポケットから手帳とペンを取り出し、ブノワはイネスに尋ねる。

「そのお客さんたちの名前を、念のため教えておいていただけますか？」

「私のお客さんではないのでうろ覚えですけれど、たしか、芸術監督で演出家のジャック・ラン氏、主演歌手の日本のソプラノ、アモウ・ナオミさん、ドイツのテノール、カール・クロイツ氏、語り役で出演する女優のカトリーヌ・ドヴィリエさん。今のところ、たしかそんな方々だったと思います。ゲストにお連れ様がいれば母は喜んで同行を許しますから、結局いつも一人、二人は増えますが……」

「ほう！　ドヴィリエさんもですか！　若い頃、私は彼女の映画をたくさん見ましたよ。たしか……」

明るい声で言いながらブノワが顔を上げたその時、バタンと大きな音を立ててレジーヌの部屋の扉が開いた。

エミールとブノワは驚いて音の方に顔を向ける。

開いたドアの向こうには二十歳前後の若い娘が一人立っていた。

濃紺のワンピースの肩にかかるおさげに結った黒髪。人形のように整った顔立ちは美少女と言って間違いないかもしれないが、あまりにも無表情なその顔に魅力はあまり感じられない。

エミールたちを一瞥《いちべつ》し、娘は淡々とした口調で言った。

「ご用がお済みでしたら、お二人にはそろそろお引き取りを願いたいと母は申しております」

しばし呆然《ぼうぜん》とし、ブノワは頷いた。

「ええ、もう間もなくお暇《いとま》します。……失礼ですがあなたはどなたですか？」

「私はアリアーヌ・ブラパン。レジーヌ・ブラパンの娘です」

「お嬢さん……ですか。じゃあ、あなたからも少々お話をお聞きしたいのですが」

アリアーヌと名乗る娘はなおも無表情に応える。

「母に話すことがないのなら、私からもお話しすることはありません。……写真の女性の顔も名前も、母と同じく私も全く知りません」

それだけを言い、アリアーヌは再び音を立ててドアを閉めた。

目の前のイネスは気まずそうに俯《うつむ》いている。

しばらくしてブノワはイネスに尋ねた。

「今のは、たしかにマダム・ブラパンのお嬢さん……あなたの妹さんなんでしょうか？　随分年齢が離れているようですが……」

「ええ、まぁ……」あからさまに戸惑った様子を見せ、イネスは切れ悪く答える。

「レジーヌ・ブラパンの娘という立場にある女ですから、たしかに私の妹ということになりますわね」

「なんとも回りくどい言い方をなさいますな」

「ええ……」

しばらくの沈黙を挟み、イネスは気まずそうに言った。

「彼女と私、そして母は、一滴の血のつながりもないんです。アリアーヌも私も、レジーヌ・ブラパンの法律上の娘……つまり、養女なんですの」

3

クルーザーの上の事務所、心地良い太陽の下でお互いのキャリアや近況、今回のオペラの演出プランなどについてしばし語り合った後、七音美はロランの車の助手席に座ってレジーヌ・ブラパンが住むホテルへと向かった。

ビーチ沿いのメインストリート、クロワゼット通りを東へ進むＢＭＷの右手には紺碧《こんぺき》の海、左手には白亜の高級ホテル群。

横断歩道を優雅に闊歩《かっぽ》するリゾート客を通すため、車はゆっくりと進み、何度も停まる。そして車が停まる度、海風を浴びるため開け放った助手席の窓に路上のプロモーターたちが近寄って新作映画のチラシを渡す。ビーチの東端に着く頃には、七音美の膝の上には何枚もの色鮮やかな紙が束になっていた。

クロワゼット岬の突端を目指し、ＢＭＷはゆるやかな坂を上る。

そして到着した、カンヌで一番空と海に近い場所。

そこにはビーチ沿いのホテル群とは一味違った風格あるクラシカルな建物――ホテル・ガルニエが翼を休めるドラゴンのように堂々と鎮座していた。

○8○

訪問客のロランは車寄せで車とキーを預け、宿泊客の七音美はドアボーイにスーツケースを託し、二人は広々としたロビーへと入った。

「ああ！　ムッシュ・ロラン！　今年もようこそカンヌへ！　ご来訪、マダムが楽しみにお待ちでございますよ」

カウンター前から駆け寄る案内係の歓迎に、ロランは片手を上げてにこやかに挨拶を返す。

「ありがとう、ジョルジュ。相変わらず元気そうで何よりだね。……けど、今年は残念ながら僕はただのエスコート係なんだ。マダムが楽しみにお待ちだったのはこちら、日本から来てくれた黒髪のジャンヌ・ダルクなのさ」

「日本からのジャンヌ・ダルク？」

ロランが示す隣の七音美、案内係は不思議そうに顔を見つめる。

機嫌良くロランは続けた。

「僕がこの秋演出するオペラ、マダムが書いた戯曲『オルレアンの聖女』。ジャンヌを歌ってくれるマダム推薦のソプラノ歌手。こちらがアモウ・ナオミさんだよ」

「ああ！　アモウ様でございましたか！　ようこそ、カンヌへ！　お待ちしておりました！」

七音美の頭の先からつま先まで視線を滑らせ、案内係は満足げな笑みを浮かべた。

「素敵な黒髪のジャンヌ・ダルク、マダムもさぞお喜びでございましょう。……さ、お手続きなどは後にして、まずはとにかくマダムの元へ」

大理石の床に靴音を響かせてエレベータの前まで進み、案内係は操作盤のボタンを押す。ボタンを押すより先に下って来ていたエレベーターのドアは間もなく開き、スーツ姿の二人組の男性がケージからロビーへと出てくる。ボタンを押し続ける案内係の脇、降りた客と入れ替わりにロランと七音美はケージの中へと入った。

「ここから先は僕たち二人で大丈夫だよ。ありがとう、ジョルジュ」

「さようでございますか。では、よろしくお願いいたします」

ドアが静かに閉じ、ロランは操作盤の四階のボタンを押す。ゆっくりと動き出したエレベーターの中、ロランはドアの方を向いたままにやけた声で言った。

「今の二人、きっと君のファンだね。間違いない」

「え？　何の話ですか？」

ホテルの豪華さにぼうっとしていた七音美は何の話か判らず聞き返す。

「今エレベーターを降りて行ったスーツ姿の二人、振り返って君のことをじっと見ていたんだよ。きっとサインでも欲しかったんじゃないかな？　……あれ？　ナオミ、もしかしてレジーヌとの面会に緊張してるのかい？」

振り返るロランに、七音美は正直に答えた。

「よく判らないですけど……。そうなのかもしれません」

「ハハハ、大丈夫。何も心配することはないさ。若い頃は気性が激しくて接しにくい人だったらしいけど、今は信心深くて穏やかで、ほんの少しだけ気難しい、マカロンが好物のチャーミングなおばあさんだから」

四階に到着したエレベーターを降り、廊下を歩きながらロランは続けた。

「何も心配することはないけど、数点だけ、レジーヌに面会するにあたって気をつけなければならないことを教えておいてあげよう。良いかな？」

「はい、是非お願いします」

「まず、彼女からレジーヌと名前で呼ぶように言われたら素直にそれに従うこと。遠慮してマダム・ブラパンなんて言い続けていると、大抵の場合、三度目の呼びかけで機嫌を損ねて、彼女は客にお引き取りを願うか、もしくは自分が自室に帰ってしまう。彼女の好意は、とにかく遠慮せず素直に受けた方が良い」

「判りました……気をつけます」

廊下の突き当り、４０６号室のドアの前で立ち止まり、ロランは七音美に顔を向けた。

「もう一つ。レジーヌはここで複数の女性たちと暮らしている。四十年ほど前養女になったというイネスさんと、二年前養女にした元看護師のアリアーヌ嬢」

しばしの沈黙を挟み、ロランは声を低めて言った。

「フランスでは、その……養子縁組はよくあることなんだ、同性カップルの場合」

「……」

なんと答えて良いか判らず、七音美は黙って聞き続ける。

「この国の法律では配偶者に相続権はなく、子どもが全て相続することになっているから、その方が都合が良いのさ。……まぁ、そういった場合養子は大抵一人なんだけど、レジーヌは一時期オルレアンの屋敷で大勢の女の子たちと同居していたような、開放的というか、発展家というか……その、大胆な感覚の持ち主の『文豪』だから、一般的な尺度では測れないところがあるんだよ」

一拍置いてロランは続ける。

「しかし、レジーヌ自身、特に同性愛を公言している訳じゃない。彼女たちとの関係についての話題はプライベートの領域で、その……ちょっとデリケートなものなんだ。だから、イネスさん、アリアーヌ嬢とレジーヌの関係については、彼女自身が何か言わない限りあまり話題にしたり詮索したりしない方が良い。でないと……」

「私がお引き取りを願われるか、マダムが自室に帰ってしまう――？」

「……」

しばし黙って真剣な眼差しで七音美を見つめ、ロランは明るい笑顔を作った。

「それで済むなら良いんだけどね。……まあ、解ってくれたなら問題はないよ」

ロランはドア横の呼び鈴を押した。


「ようこそ！　ムッシュ・ロラン、マダム・アモウ。母が奥でお待ちかねですわ！　さぁ、どうぞお入りになって」

灰色のセパレートを着た高齢の女性――イネス・ブラパンとにこやかに挨拶を交わし、ロランと七音美は４０６号室へと入った。

スイートルームのメインリビングは贅沢《ぜいたく》に広く、正面の窓の外には南仏の空と海、岬の先に浮かぶ島の風景が美しく広がっている。室内には何組かのソファーとテーブル、バーカウンターが点在し、部屋の中央に置かれた飾り台の上、馬に跨《またが》る騎士の小ぶりの像が飾られている。

窓際へと進むイネスにロランは楽しげに語りかけた。

「いつものお土産はクール便で送っておいたんで、今日中に届くと思います。……今年は思ったより暑くなかったから、直接持ってきても良かったんだけど」

「まぁ！　いつも悪いですわね――」窓際のソファーを二人に勧め、イネスは七音美に笑顔を向けた。

「ムッシュ・ロランは母の好物、ピエール・エルメのマカロンを毎年届けてくださるんです。カンヌにはラデュレはあるけどエルメはないから、母はとっても喜ぶんですのよ」

あ――ソファーに腰を下ろした七音美は息を呑んだ。

「すいません、私ったらうっかりして、お土産を中に入れたまま荷物を預けちゃって……」

「いえいえ、そんなお気遣いは全然無用です。あなたご自身、わざわざ日本から会いに来てくださったんですもの。これ以上、母の喜ぶ贈り物はありませんわよ」

上機嫌なイネスに、七音美は恐縮した笑みを浮かべて見せる。

「すいません。後ほどお届けに参りますね。ちょっとマカロンに似た見た目の日本のお菓子をお持ちしましたの。皆さんのお口に合うと良いんですけど」

「あら！　どんなお菓子なのか楽しみね。……ご到着、母に伝えて参りますから少々お待ちくださいね」

機嫌よく二人に微笑み、イネスは遠く壁際にあるドアへと進み、その中に姿を消した。

ソファーでリラックスするロランの隣、七音美はなんとなく窓の外を眺める。

クルーザーにいた時よりも少し柔らかくなった日差しがカンヌの波を照らしている。少し向こうに見える平坦な島影は、青い海の上で緑の木々に覆われて涼しげだ。

七音美の視線の方向にロランも目を向けた。

「――あの島が近くなのを気に入って、レジーヌはここに住むことを決めたそうだよ」

共に島を眺めながら、ロランは語る。

「クルーザーでゲストをあの島に連れて行くのがレジーヌ流のもてなしなんだ。明日、今夜合流するオペラのメンバーと、もしレジーヌのお許しが出ればゴールドスタインたちも一緒に、きっと僕らはカンヌ沖までちょっとした小旅行に出ることになるだろう。……君は長旅の後でお疲れだろうけど、大丈夫かな？」

「ええ、もちろん大丈夫です。歌手はアスリートに負けず劣らず体力勝負の仕事ですから――」

力こぶこそ作らなかったが堂々と胸を張ってみせ、七音美は笑ってロランに尋ねた。

「そんなにお気に入りの島に連れて行ってもらえるなんて、むしろとっても楽しみです。あの素敵な島、なんていう名前なんですか？」

「正式な名前は忘れちゃったけど、通称『監獄島』って呼ばれているね」

「監獄島？」

その眺めの美しさからはとても想像できない不気味な名前に、七音美は思わず首を傾《かし》げた。

とその時、イネスがドアを開けて満面の笑みを覗《のぞ》かせた。

「母は自室でお会いすると申しております。どうぞ、こちらへ」

ソファーを立ったロランが小声でつぶやく。

「……へー。珍しいな」

「――？」

見上げる七音美にちらりと視線を流し、ロランはレジーヌの部屋の方を見ながら言った。

「彼女は自分の部屋に滅多に客を入れない。まだ会う前なのに、君はよほど気に入られているみたいだね」


部屋に入ると同時に、ロランは両手を高く広げて大きな声を上げた。

「一年ぶりですね、レジーヌ！　今年も招いてくださって、本当にありがとう！」

歩みのスピードを速めるロランの後に七音美も従う。

ロランの体が遮ってレジーヌの姿はまだ見えないが、その部屋はメインリビングほどではないもののかなりの広さがあり、奥にはクイーンサイズのベッド、窓の外には隣室と同じく美しい海と島の風景が広がっている。

部屋を斜めに進んだ奥の窓際、歩みを止めたロランの隣に七音美も立ち止まった。

そこには背の低い革張りの肘掛椅子があり、小柄な老婆――フランス文学史に名を刻む文豪、マダム・レジーヌ・ブラパンが上機嫌な笑みを浮かべて座っていた。

まるで枢機卿《すうききょう》のように赤く華やかなチュニック・ドレスを身にまとい、胸元には大粒の南洋真珠のネックレス、波打つ総白毛の頭髪は後ろに流して綺麗にセットしている。首や口元に年齢相応の皺《しわ》は刻まれているものの、広い額に皺は少なく、いまだ衰えぬ老作家の知性と好奇心の所在を主張するかのように艶やかに輝いている。

レジーヌの椅子の脇、窓のそばには木製の三脚で支えられた筒径の太い望遠鏡。

反対側にはイネスともう一人、さっきロランが話していた元看護婦のアリアーヌと思しき若い女性が並び、まるで宮廷の侍女のように姿勢正しく控えている。

レジーヌの正面、ロランは女王に謁見する騎士のように身を屈《かが》め、肘掛のレジーヌの手を恭しく持ち上げた。

「レジーヌ、あなたが熱望なさった『オルレアンの聖女』をお連れしましたよ。あなたが長年夢に見続けてきた理想の黒髪の乙女を、彼女はきっとオペラ座の舞台に現出せしめてくれることでしょう。……ご紹介します、僕らの新しい仲間、アモウ・ナオミさんです」

どう振舞えば良いのか判断できず立ち尽くす七音美をロランは低い位置から見上げた。

同じくレジーヌも七音美に笑顔を向け、ロランに預けていたエメラルドの指輪輝く手を七音美に向かって差し出した。

「ようこそ、はるばるよく来てくれました」

気品漂う動作、力強い発声――まるでレジーヌの魔力に吸い寄せられるように、思わず七音美もロランの隣にひざまずいた。オペラの中ではおなじみの古風なその動作を現実世界で行うのは初めてのことだったが、舞台の上と同じく、七音美の両手は自然と胸の上に重なった。

「この度はお招きいただきありがとうございます。ソプラノ歌手、アモウ・ナオミと申します。お会いできて大変光栄です、マダム・ブラパン」

王と王妃を祝福する女教皇のように、レジーヌはにこやかにロランと七音美の顔を見比べる。

満足げに頷き、レジーヌは言った。

「さすがは私の見込んだ歌手。なんて美しい身のこなしだこと。ナオミ、あなたも私のことは是非レジーヌと親しく呼んで頂戴。……あなたのサロメを一目観《み》て、私はすっかり虜《とりこ》になってしまったけれど、舞台の上の姿以上に、実際のあなたのなんて気高く美しいこと――」

前に差し伸べていた指を、レジーヌはまるで七音美の輪郭線を撫《な》でるように上から下へと動かした。

感極まったように、レジーヌは声を震わせて言った。

「……ああ、そして、なんて美しいあなたの髪。まるでヨハナーンの黒髪のように、なんて黒くて美しいこと。私こそサロメになって、あなたの髪に是非口づけがしたいものだ。あぁ、私のジャンヌ、私のヨハナーン、私の娘《マ・フィーユ》――」

レジーヌは指を伸ばし、七音美の髪にそっと触れた。

揺れた髪が微《かす》かに頬を撫で、七音美は思わずゾクリとした。

＊

まるで謁見のような面会を済ませると、しばらく自室でゆっくり休むようにレジーヌは七音美に勧めてくれた。おみやげもわざわざ改めて持ってくるには及ばない、晩餐《ばんさん》の時間になったらアリアーヌを呼びに行かせるから、その時に彼女に預けてくれれば良い――長旅の疲れを労わってくれるレジーヌの好意に、ロランのアドバイスどおり七音美は素直に従うことにした。

三階の七音美の部屋はレジーヌのスイートに比べれば当然狭いものの、一人で過ごすには充分、内装や家具もクラシカルな高級ホテル然とした申し分のないものだった。

しかし、その豪華なリゾートホテルの一室も、今日訪れた場所――クルーザーの上の事務所、レジーヌのスイート。会った人々――アメリカ人のプロデューサーと女優、ロラン、レジーヌ、そしてレジーヌの二人の養女。それらの華やかで現実離れした存在感と比べれば、まるで舞台裏、次の出番を待つ楽屋のように七音美には感じられた。

広いベッドに倒れ込み、七音美はあっという間に眠りに落ちてしまった。

セットしておいたタイマーのおかげで予定通りの時間に目覚め、七音美はレジーヌ主催の晩餐会に出席する準備を始めた。ブルーのイブニングドレスに着替え、髪をアップに、おみやげの「マカロンもなか」もお渡し用の紙袋に詰め替えた。

丁度折良く部屋の呼び鈴の音が鳴る。開けたドアの外にはアリアーヌが立っていた。

最前と同じく濃紺のワンピース姿に黒髪のおさげ——ロランの話では元看護婦だというからきっと二十歳は超えているのだろうけれど、表情の乏しい整った顔はまるで少女のビスクドール、等身大の着せ替え人形のような不思議な雰囲気を漂わせている。

ぼんやりとその姿に見とれてしまう七音美に、アリアーヌは淡々とした口調で言った。

「晩餐が始まります。お迎えに来ました」

「ああ……わざわざありがとうございます。これ、あなたにお渡しするようにって言われたおみやげなんですけれど……」

もなかの紙袋を軽く持ち上げて見せると、アリアーヌはすっと七音美に手を差し出した。

「ありがとう。お預かりします。……じゃあ、二階のレストランへ」

七音美から袋を受け取りアリアーヌは歩き出す。七音美も後に続く。

「すいません。自分で持てば良いのに、あなたに持たせてしまって」

「レジーヌがそうするようにと言いましたから。私は彼女の言葉に従っているまでです」

　アリアーヌの平坦な返答に、どう会話を続ければ良いか七音美は悩む。あまり立ち入った話もできないし、このまま黙っているのも気まずい。

「……偉大な作家で、こんな立派なホテルにお住まいだから、お会いするまでとても緊張していましたけど、実際にお会いすると、マダムはとても親切で気さくな方なんですね」

「彼女は――」階段を下り始めたアリアーヌはしばし黙り、踊り場を回りながら言葉を継いだ。「お気に入りには度を越すぐらい親切だけど、一度興味を失ってしまうと二度と見向きもしなくなります。……だからあなたも、その黒髪が気に入られたからって、あまり安心し過ぎない方が良いかもしれませんね」

「え？」

　階段を下りながら、七音美は言葉を失った。感情なく語るアリアーヌの言葉には、一体どんな意味があるのだろう？　レジーヌが七音美を気に入ったと思って嫉妬しているのか？　それとも何か注意を喚起してくれているのか……？

　七音美が黙っているうちに二人は二階に到着した。

　すぐ目の前に見えるレストランの受付係がアリアーヌに愛想良く微笑む。

「こんばんは、お嬢様。今日のお部屋は『デメテル』でございます」

「そう」

笑顔を作るでもなく応え、アリアーヌは案内係の先導に従って個室が並ぶレストランの廊下を歩く。しばらく進み、案内係はすりガラスが嵌《は》められた大きなドアを二人の前で開いた。

縦長のテーブルの先、主の席に座るレジーヌの笑顔が七音美を迎えた。

「旅の疲れは少しはとれたかい？　はるばる来てくれたあなたが今日の主役だから、私の隣、カンヌの夕焼けが一等綺麗に見える席に座ると良い」

「……ありがとうございます。おかげさまでゆっくり休めました」

レジーヌが示す席に、七音美は舞台の上のように優雅な足取りで進んだ。壁側のレジーヌの隣、案内係が引く椅子に腰を下ろすと、たしかに目の前のバルコニーの外、オレンジ色に輝く海が広く美しく見渡せた。

七音美と同じ側、椅子を一つ空けて入口に近い席にアリアーヌも座る。

レジーヌは機嫌良く言った。

「ジャックやカトリーヌたちもすぐに到着するよ。あの子は意外と時間に正確だからね」

「今日はカトリーヌ・ドヴィリエさんもお見えになるんですよね。……フランスを代表する演出家、作家、女優の方々に一日のうちにお会いできるなんて、こんなに贅沢なフランス旅行、私初めてです」

「おやまぁ。あなただって世界を代表する歌手じゃないか――」朗らかに笑い、レジーヌは七音美の顔を見つめた。

「……いや、世界を代表する、とまで言うのはまだ少し早かったかもしれないね。あなたが世界一になるのは『オルレアンの聖女』のジャンヌを歌ってから……。きっとそれに違いないだろうからね」

「はい……私なんてまだまだですけど、ご期待に沿えるよう精一杯頑張ります」

レジーヌはふと部屋の入口の方に顔を向ける。

「――ほら、いよいよ大女優の登場だよ」

七音美はレジーヌの視線を追う。

案内係が開いたドアの向こうから、玄関に出迎えに行っていたのだろうイネス、続いて白いイブニングドレスに身を包んだカトリーヌ・ドゥヴィリエ、ジャック・ロラン、そしてテノール歌手のカール・クロイツがそれぞれ黒いタキシード姿で歓談しながら部屋に入って来た。

テーブルを挟んでレジーヌと向き合い、立ち姿美しくドゥヴィリエは貫禄《かんろく》ある笑みを浮かべた。

「お久しぶりレジーヌ。母の日にはまだ少し早いけど、愛しいママに会いに帰って来たわ」

親しみのこもった優雅な挨拶に、レジーヌは目元に一層の皺を増やして応じた。

「お帰り、お嬢さん《マ・フィーユ》。今年は映画祭の功労賞の候補になってるんだって？　いつの間にか、フランス一の美少女も随分なベテランになったものだね。……おめでとう」

「ありがとう――」口角を上げて微笑み、ドゥヴィリエはちらりと七音美に視線を向けた。

「あら！　また新しい娘ができたの？　古い娘はもう用なしだった？」

それがドゥヴィリエ自身を指した軽口なのは明白だったが、七音美はふと二人の養女――アリアーヌとイネスの心情が気になった。アリアーヌは末席に座り、イネスもその向かいの席に座ろうとしているが、二人ともあえて聞こえていないような無表情を決め込んでいる。

レジーヌは大袈裟な声を上げた。

「何を言うんだい。あなたもナオミも、どちらも大切な私の才能豊かな娘だよ。……さぁ、カトリーヌ、私の隣、ナオミの向かいのこの席にお座り」

ドゥヴィリエは堂々とした歩みで進み、七音美の正面に着席した。

七音美の隣にロラン、ドゥヴィリエの隣にクロイツ――ゲストはそれぞれ晩餐の席に着いた。

「やっぱりここはシックで素敵なホテルね。来年からは私もマジェスティックをやめてここにしようかしら？　最近のビーチあたりのホテルときたら、どこから出稼ぎにきたのか、お金さえ貰えば何でもする『仕事の女』たちがロビーにまで入り込んできて、もう、一昔前のカンヌとはまるで違ったありさまなのよ……」

流れるように喋り、ドヴィリエは口をへの字に曲げて肩を竦めてみせた。

肩に流れる見事なブロンド、両耳と胸元に輝くダイヤモンドのアクセサリー、品のある顔に一点、妖艶なアクセントを刻印する口元の小さなほくろ。そして何より、とても還暦を超えているとは思えない彼女自身の若々しい雰囲気——七音美は目の前のドヴィリエにただただぼんやり見入ってしまう。それほど映画に詳しくない七音美でさえ主演映画を観たことがある大女優。その優雅な所作を目の前にして、七音美はまるで自分が映画の中の世界に迷い込んでしまったかのような錯覚にとらわれていた。

ドヴィリエのお喋りが一段落したタイミングを見計らうように、隣のロランが口を開いた。

「カトリーヌ、あなたのことはこの場の全員、いや、世界中の人が知っているだろうから今さら紹介するまでもないだろうけど、今日初めて皆さんと対面する『オルレアンの聖女』の仲間お二人を、改めて紹介させてもらって良いかな?」

「ええ。我らが黒髪のジャンヌ・ダルク、是非ご紹介いただきたいわ」

ワイングラスを手に、ドヴィリエは輝く瞳を七音美に向けた。

えへんと小さく咳払《せきばら》いし、ロランはかしこまった様子でテーブルの人々を見渡す。

「では、改めてご紹介しましょう。こちら、日本はもちろん、ローマ、ミラノ、パリ、ウィーン、欧州の各劇場で目下活躍中の期待の新星ソプラノ、僕が芸術監督を務めることになった来期パリ・オペラ座、開幕公演の新作『オルレアンの聖女』、ジャンヌ・ダルク役を歌ってくれるアモウ・ナオミさんです。今回、レジーヌと皆さんに会うために、僕からの急なお誘いにもかかわらず、わざわざ日本から一人で駆けつけてくれました。その度胸と行動力――まさにジャンヌに相応しいと、皆さん、そうはお思いになりませんか？」

ロランの紹介を受け、七音美は正面のドヴィリエとクロイツに挨拶を送る。

「初めまして、天羽七音美です。ムッシュ・ロランのお誘い、マダム・ブラパンのご厚意のおかげで、稽古場よりも先にこんな素敵な席で皆さんにお会いできて本当に光栄です。どうぞよろしくお願いします」

ドヴィリエとクロイツは機嫌良く七音美の挨拶に返礼する。

「こちらこそ会えて嬉《うれ》しいわ。私は今回、聖女とは逆の悪女、オルレアン包囲のきっかけを作ったイザボー太后をお芝居で演じるらしいの。歌だけじゃなく、語りの芝居もミックスして作曲された現代オペラ――そんな中でただ一人お芝居をするなんて、さすがに私も初めての経験だから、どうかお手柔らかによろしくね」

「私はジャンヌを断罪する敵役、ボーヴェ司教を歌わせてもらうカール・クロイツです。君の評判は友人たちからも聞いていて、是非一度共演したいと思っていました。どうぞよろしく」

タイミングを見計らい、ロランが口を開く。

「今ご自身から紹介のありましたカール・クロイツ氏、元弁護士というユニークな経歴をお持ちのドイツを代表するテノール歌手として皆さん当然ご存知かと思いますが、それのみならず、オペラにおける演技理論『クロイツ・メソード』の完成者として、ベルリン芸術大学で教鞭《きょうべん》をとる教育者でもいらっしゃいます」

隣に座るドヴィリエは驚いた表情を浮かべてクロイツに顔を向けた。

「あらカール、あなたお芝居の先生だったの？　だったら是非、私に演技のコツを教えてくださらないかしら？」

「いいえ、あなたのような大女優にお教えできることなんて何一つありませんよ、マダム」

「そんなこと言わずに……ねぇ、あなたも先生の講義を拝聴したいでしょ？」

ドヴィリエは悪戯《いたずら》っぽく七音美に目配せする。

大女優のユーモアに悪乗りしたように見えないように、七音美はつとめて真面目な眼差しをクロイツに向けた。

「――ええ、是非。ドイツ留学組の友人から、私も先生のメソードの素晴らしさは話に聞いていました。是非聴講させていただきたいと思いながら、果たせないまま今に至ってしまっていて……。簡単に聴かせていただけるような内容ではないと思いますが、何か、今後の心の支えになるような一言でも、是非お聴かせいただけたら……」

穏やかに沈黙する『先生』を七音美はじっと見つめ続ける。

わずかに黒髪の混じった白い頭髪を七三に分けたすらりとした紳士。若々しいドヴィリエとは対蹠《たいしょ》的に、六十代に相応しい貫禄と年輪がその顔には刻まれている。

しばらくして、クロイツは静かに口を開いた。

「まぁ、そんなに大層なことは何もないんだけどね、じゃあ、挨拶代わりの簡単な話を一つばかり……」

タキシードのラペルに左手をかけ、先生は胸元に右手を差し込みながら言葉を続けた。

「私は自分自身の舞台の経験から、気づいたこと、考えたことを手帳にメモし続けて、何か少しでも後輩歌手たちの役に立つことがあればと思ってそれを発表していただけなんだ。皆さんそれを『クロイツ・メソード』などと呼んで大層ありがたがってくれる。しかし、本当はそんな完成したメソードなんてものはどこにもなくて、日々の舞台や経験から増えていく手帳のメモだけが、まぁ、メソードと言えばメソードのようなものなんだが……。あれ……」

クロイツはタキシードの内ポケットをまさぐりつづける。

七音美は単にドヴィリエに同調した訳でなく、以前から是非クロイツに教えを乞うてみたいと思っていた。その金言が詰まった手帳はすぐそこにあるはずなのに、なかなか出てこないのがもどかしい。

話を始めたドヴィリエも興味津々に隣からクロイツの胸元を覗き込んでいる。

クロイツはまだ内ポケットをまさぐり続けている。

おとなしく待ち続ける七音美の隣、ロランが握った掌を口に当てクスクスと笑いだした。

「先生、もう良いんじゃないですか？　素直なレディーたちはもう充分学びましたよ」

「――？」

ロランの言葉の意味が判らず、七音美はドヴィリエとともにクロイツとロランの顔を交互に見比べる。

クロイツは胸元をまさぐる手を止め、七音美に穏やかに微笑んだ。

「演技、芝居、芸術というものは、在りもしないものをまるで本当に在るかのように造り上げねばならない。つまり、この国の哲学者、サルトル流に言うならば『存在《エートル》』と『無《ネアン》』を自在に操ることを第一にしなければならない。全ての基本はそれに尽きると、私は思うんだよ――」

滔々《とうとう》と語り、クロイツは左手でタキシードのボタンを外して左の身頃を開いて見せた。

そこには臙脂《えんじ》色の裏地が張られているだけ。

タキシードに内ポケットなどなく、『クロイツ・メソード』が詰まった手帳もそこにはなかったのだ。

「まあ、呆れた！」

ドヴィリエが大袈裟な声を上げ、目を丸くしてテーブルの人々の顔を見渡した。

「ドイツの先生によると、芝居よりもオペラよりも、パントマイムが一番の芸術の基本なんですってよ。マルセル・マルソーを産んだ我が国は鼻が高いわね。……沈黙の詩人《マルセル》に乾杯！」

グラスを高々と掲げ、ドヴィリエはワインを一口飲んで笑った。

苦笑しながらクロイツもグラスに口をつけ、そしてゆっくりレジーヌに顔を向ける。

「何もないところから、まるで本当のことのように嘘《うそ》の物語を作る。騙《だま》されていると気づかれないよう、心地良く、巧みに読む者を騙す——それは文学にも通じることのように素人の私などには思われるのですが、その道の大家であられるマダムはどうお考えでしょう？」

知的な笑みを浮かべ、レジーヌは答えた。

「そうですわね。それこそ作者の創作メソードによりけり——ということになるでしょうね。たとえばこの頃流行りのミステリーやファンタジー、空想科学といったジャンル小説の作家であれば、手品のように『無』から『物語』を生み出すこともできるのでしょう。けど、私の場合は全く違って、自分自身の実際の体験、感情、心の動きをベースにしなければ小説というものを一行たりとも書くことはできないんです」

「ほう」

再びグラスに口をつけ、クロイツは興味深そうにレジーヌの瞳を見つめた。

クロイツの無言の問いに答えるように、レジーヌは顎に指を添えて語り続ける。

「たとえば、私の代表作と言われる小説『黒い髪のエレーヌ』……あの作品は戦前、私の少女時代、田舎で共に過ごしていた美しい年上の従妹、エレーヌに対して感じていた憧憬、愛、同情といった感情の動きが基にあることは言うまでもありません。けど、『オルレアンの聖女』もまた、同じく私自身が実際に感じた心の動き、恐怖、悲しみを基に描かれた戯曲です」

ドヴィリエがレジーヌに顔を向ける。

「ジャンヌ・ダルクの中世の歴史劇が？　レジーヌ、もしかして、あなたの正体は何百年も生き続ける魔女か吸血鬼か何かなのかしら？」

冗談めかして言うドヴィリエに、レジーヌはふふふと笑って応える。

「そうかもしれないね。そうじゃないかもしれない。でも、男たちに利用され、見捨てられ、異端の烙印《らくいん》を押された女の悲劇は、何もジャンヌの時代だけのものじゃない。悲劇は繰り返されているのさ、あれからずっと、そして今も……」

深く、真剣に、何かを考え込むようにレジーヌは黙った。

女主人のシリアスな沈黙を前に、ゲストたちも言葉なく老作家の顔を眺める。

タイミングを同じくして個室のドアが開き、静かに入室したギャルソンたちが客たちの前に前菜の皿を並べた。

ギャルソンたちの退室を見計らい、レジーヌはゆっくりと客たちの顔を見渡した。

「……さぁ、今からはしばしお互い仕事の話は無しにして、今日の出会いと地中海の恵み、この素晴らしいひとときを共に過ごせる幸せを、とにかく神に感謝しようじゃないか」

食前の祈りを捧げるため、レジーヌは胸の前に掌を結んで目を閉じた。

二人の養女と四人の客も、女主人《パトロンヌ》に倣ってそれぞれ胸の前に掌を結んだ。

＊

和やかな晩餐が終わり、アリアーヌが押す車椅子を先頭に七音美たちはレジーヌの部屋に移動した。メインリビングの壁際、バーカウンターには既にバーテンダーが一人スタンバイして飲み物の準備を始めている。

晩餐のワインと豪華な雰囲気に七音美がぼうっとしている隣、ドヴィリエが部屋の中央につかつかと進んで行く。

「あら、これ、マルトロワ広場のジャンヌ像じゃない？　こんなの前から飾ってたかしら？」

飾り台の上にある馬上の騎士像の顔を覗き込むドヴィリエに、レジーヌや七音美たちも追いついて像を眺める。

『オルレアンの聖女』のオペラ化を祝って、オルレアンの友人たちが贈ってくれたんだよ」

「へぇ――」像に一層顔を近づけ、ドヴィリエは言った。

「この像の不気味な顔、いつ見てもゾッとするわね。あなた、気味悪くないの？」

「そうかい？　私にはただの女の顔にしか見えないけどね」

お喋りするレジーヌとドヴィリエの隣、七音美も像に顔を近づけてみる。

面頬《バイザー》を上げた素顔、やや顎をもち上げ、前方斜め下に突き出した剣先を冷たい視線で見下すジャンヌ。風雨に晒《さら》された像のディテールを再現しているのか、それとも元々の意匠なのか、ジャンヌの両頬には雨水が作った汚れのような、ピエロの涙のメイクのような、目と同じ幅の太い線が下瞼《したまぶた》から顎にかけて走っている。まるで無表情に泣くような、美しく冷たい女の顔――それはたしかに、不気味といえば不気味にも見える。

「ああ、ゾッとするわ……」自らの肘を抱くようにして、ドヴィリエはバーカウンターの方へと去った。

愉快そうにその背中を見送り、車椅子のレジーヌは残るゲストたちの顔を見渡した。

「さぁ、皆も好きな飲み物を注文して、思い思いに食後のひとときを過ごしておくれ」

作ってもらったシトラスのカクテルを手に、七音美はひとまず窓際のソファーに腰を落ち着けた。一息つき、七音美は広いリビングを見渡す。

ドヴィリエは入口近くの応接セットのソファーに座り、車椅子のレジーヌとグラスを手にお喋りしている。

ロランはバーカウンター、イネスと目の前のバーテンと機嫌良く話している。

同じくバーカウンター、クロイツとアリアーヌは並んで静かにグラスを傾けている。

七音美は窓の外に目を向けた。夜の海は暗く、対岸の島の海岸線の中央あたり、白い断崖だけが煌々《こうこう》とライトアップされている。

島を眺める七音美の隣、静かに人が座る気配がした。

「……あの照らされている部分は、『監獄要塞』と呼ばれる要塞が上に聳《そび》える断崖なんですよ」

振り返ると、そこにはグラスを手にしたイネスが笑顔で座っていた。

「『鉄仮面』はご存知？」

「はい。詳しいことまでは知りませんけど……」

「デュマの小説の架空の登場人物と思っている人も多いようだけど、ルイ十四世の頃、その謎の囚人は本当に実在したらしいんです。その鉄仮面も一時期収監されていた、あの崖の上の建物は孤島の監獄なんですよ。今は要塞の遺構をそのまま活《い》かした博物館になっていますけど」

「そうなんですか。だから『監獄島』なんて呼ばれているんですね」

「そうそう。何だか怖い呼び方よね」

肩を竦めておどけてみせ、イネスは夜の海に顔を向けた。

「……大デュマの文学とフランスの現実の歴史が交差する場所として、母はあの島をとても気に入っているんです。芸術家にとってインスピレーションの源となる神秘の島だと言ってね。だから、母は大切なお客様が見えた時は必ずあの島に船を出すんです」

「そうなんですね。そんな素敵な島に明日ご一緒させていただけて、とっても嬉しいです」

「ナオミさん――」

呼びかけられ、島に見入っていた七音美はイネスに顔を向けた。

「あの……こんなことを言うとちょっとおかしく思われるかもしれないんだけど、一つだけ、私から、母についてのお願いをさせていただいても良いかしら？」

「はい？　なんでしょうか……」

なんとなくシリアスなイネスの様子に、七音美は背筋を伸ばしてイネスに体の正面を向ける。

辺りを気にするように、イネスは七音美に少し顔を近づけた。

「母はたまにおかしなことを言うんです。気に入った女性に、『私の娘になって欲しい』なんて……。美しい黒髪の女性に、特にね。だからもし、母があなたにそんなことを言ったら、お気を悪くなさらずに、悪い冗談と思って聞き流してあげて欲しいんです」

レジーヌは既に七音美を「私の娘《マ・フィーユ》」と呼んでいる。七音美にとってそれは光栄でこそあれ、少しも嫌なことではなかった。改めてそんなことを言うイネスに、七音美はむしろ違和感を覚えた。

「私は全然気を悪くなんてしていませんけど……」

応える七音美に、イネスは念を押すように顔を一層近づけた。

「私の娘――なんて親しく呼んでいる程度なら良いんです。でも、もし彼女が『養女になって欲しい』なんて真剣に言い出したら……それはちゃんと断ってくれるって、お約束してくださる？」

イネスの不思議な懇願に、七音美はしばし言葉を失った。

そんなこと、言われる可能性があるのだろうか……。

しばらくして、七音美は苦笑をまじえて答えた。

「ええ、お約束します。そんなこと、きっと言われたりしないと思いますけど」

「……ありがとう。ナオミさん」

安堵《あんど》したように微笑み、イネスはソファーを立った。

「さて、私は母の就寝前の薬の準備をしなきゃいけないから、そろそろ失礼させていただきますわね。どうぞごゆっくり寛《くつろ》いでいらしてくださいね」

七音美に背中を向けたイネスは「あら？　あれは何かしら？」と独り言のように言った。

七音美もイネスが見遣る方に目を向ける。

部屋の中央、ジャンヌ・ダルク像が置かれた飾り台の足元に小さな封筒らしきものが落ちている。部屋に入った時には気づかなかったが、死角になって見えなかったのだろうか……？

イネスは部屋の中央へと進み、その封筒を拾った。

「どなたか、これを落とされた方はいらっしゃいます？」

封筒を掲げ、イネスは部屋にいる人々をぐるりと見渡した。

レジーヌ、ドヴィリエ、ロラン、クロイツ、アリアーヌ——全員がイネスに顔を向ける。

落とし物の詳細を確認するように、イネスは封筒の表を見つめた。

「あら……何かしら？　これ」

老眼でピントが合わないのか、イネスは目を細めて手元の封筒の位置を調整している。

見かねたようにロランがスツールを立ち、グラス片手にイネスのそばへと近寄った。

「イネスさん、僕が読んで差し上げましょう。……ん？　なんだこれ？」

イネスから封筒を受け取ったロランは一瞬眉をひそめ、そして高らかに笑った。

「ハハハハ、こりゃ今どき珍しい古風なやり口だ。レジーヌ、匿名のファンからあなたにお手紙のようですよ。……でも、この材料は何だろうな？　どこかで見た覚えがあるなぁ」

最前のイネスと同じく、ロランも封筒の表を不思議そうな顔をして眺め続けている。

七音美は立ち上がってロランの方へと近づいた。他の人々も席を立って部屋の中央に寄ってくる。レジーヌも車椅子を操作してロランの前へと進む。

七音美が立ち止まるのとほぼ同時、ロランは嬉々とした声を上げて人々の顔を見渡した。

「判ったぞ！　これは今この街で配られている映画のチラシから切り抜かれた文字だ。……このＰは『プレイヤーズ』、Ｏは『００７』のゼロを代用してるんだな。これはなかなか洒落《しゃれ》た切り貼り《コラージュ》ですよ、皆さん」

表が見えるようにして、ロランは周りの人々に封筒を見せた。

封筒の表、色や大きさの違う様々な字体の文字の切り貼りは『奥様へ《Pour Madame》』という言葉を歪《いびつ》な形で描いていた。

「おやおや《ウー・ラ・ラ》、誰だい？　こんな悪戯をする悪い子は」

にやりと笑い、レジーヌは客たちの顔を見渡す。

ドヴィリエも、クロイツも、ロランも、そしてもちろん七音美も、自分だと名乗り出る者はいない。

ふんと鼻で笑い、レジーヌはロランに手を差し出した。

「仕方ないね。……どれ、その脅迫状を見せてもらおうじゃないか」

ロランから封筒を受け取り、レジーヌは機嫌よく封を開けた。中から取り出した手紙を開き、レジーヌはその表に視線を落とす。

「……」

紙を見つめて表情無く黙るレジーヌと、レジーヌの次の一言を待つ人々。

しかし、レジーヌが発したのは思いがけなく大きな震える声だった。

「アリアーヌ！」

アリアーヌは驚いた様子でレジーヌに歩み寄る。

抑揚のない声でレジーヌは言った。

「今日はもう疲れてしまった。部屋まで車椅子を押しておくれ。……皆さん、私はこれで失礼するけど、よろしければどうぞごゆっくり」

レジーヌの目配せで、アリアーヌは握ったグリップを操作して車椅子をＵターンさせた。

立ち尽くす人々を残し、車椅子はレジーヌの部屋の方へと進んで行く。レジーヌの膝の上から床に手紙が滑り落ちたが、レジーヌもアリアーヌも気にすることなく進み、二人はドアの向こうへと消えた。

閉じられたドアを呆然と眺め、しばらくして誰言うともなくゲストたちは床に落ちた紙切れの方に近づいて行った。

封筒の表と同じく、落ちた手紙には様々な字体の映画チラシの文字が切り貼られていた。

La sorcière disparu à Orléans est REVUNE

オルレアンから消えた魔女が戻ったよ

そこにはそんな言葉が並んでいた。

IV 監獄島

I

カンヌ二日目の午前十時少し前。

パレ脇のハーバー、桟橋の先に係留されたひときわ豪華なクルーザーを目指し、エミールとブノワはのんびりと歩いている。

出張経費で許されるエコノミー・ランクとはいえ、リゾート地ならではの小《こ》洒落《じゃれ》た部屋で一晩ぐっすりと眠り、眺めの良いテラス席でのんびり朝食を食べ、海沿いの大通りを散歩がてら歩く――そんな、パリでの毎日とは比べ物にならない心地良い一日の始まりに気分を良くし、エミールはつい目抜き通りのスターバックスでアイスコーヒーをテイクアウトしてしまった。

「お洒落だな――」ブノワには鼻で笑われてしまったが、それはエミールもパリでスタバを飲みながら歩く観光客たちにいつも思っていることだ。

緑のストローから喉に流れ込む爽やかな苦みを楽しみ、カンヌの海辺を歩きながら、エミールはパリの観光客たちに対する今までの皮肉な感情を少し反省する。

旅先で飲むスタバは、たしかに美味しい――。

「おはようございます。あなた方が、パリからおいでの刑事さんたちですか？」

近づくブノワたちの姿を見留め、ブレザー姿に船長帽を被った男が甲板から声をかけた。

「ええ、そうです。あなたが『船長』さん？」

片手を上げながら愛想良く挨拶を返すブノワの隣、エミールは慌ててストローから唇を離し、スタバのカップを背後に隠した。

タラップを下りながら、日に焼けた船長はにこやかにブノワに語りかける。

「マダムも、お客さんたちもまだ見えていません。あなたたちが一番乗りですよ」

「我々はマダム護衛の公僕ですからな。当然のことです」

冗談めかして言うブノワに、船長もおどけた驚きの表情を作ってみせる。

「護衛？　ボス《パトロンヌ》は誰かに命でも狙われてるんですか？　こりゃ、お会いしたら真っ先に給料の先払いをお願いしないと」

ブノワと笑顔を交わし、船長はエミールにも明るい表情を向けた。

「しかし、こちらの若い刑事さんは、護衛というよりも楽しげな観光客という風情じゃないですか。……カンヌの海風を浴びながら飲むスターバックスは格別でしょう？」

「あ、すいません……」

慌てて背後のカップを落としそうになるエミールに、船長は豪快に笑って言った。

「ハハハ、冗談ですよ、冗談。……昔、カンヌ、レランス諸島の沖は中東の闇組織との人身売買、麻薬の取引ポイントにされていた物騒な頃もありましたが、今は平和そのものです。刑事の手には拳銃ではなく、スターバックスのアイスコーヒー――素晴らしいことじゃないですか。皆さんが到着するまで、どうぞゆっくり寛《くつろ》いでお待ちになってください。なんなら先に船に乗ってますか？」

「あ、いえ……」

言葉に詰まるエミールの隣、ブノワが船長との会話を引き受ける。

「たしかに最近このあたりで物騒な話は聞きませんな。昔はそんな題材の犯罪映画《ノワール》もありましたがね」

「ああ、ブロンソンの『夜の訪問者』ですね。丁度私が船乗りになった頃の映画ですよ」

「ブロンソンがお好きで？」

「いいえ、私はドロン派ですな」

年代の近い二人は古い映画について楽しげに話している様子だが、エミールには何のことだかさっぱり分からない。

「……しかし船長さん、まだ名乗りもせず身分証も見せていないのに、我々を刑事と信じて船に乗せるのは、今や平和なカンヌとはいえ、さすがにちょっと不用心なんじゃありませんか?」

「ハハハ――」船長は明るく笑った。

「昨晩遅く、イネスさんから連絡があったんですよ。『マダムの意向で、明日はパリから調査に見えた刑事さん二人も一緒に島にご案内したい。年配のブノワ刑事と若いクレール刑事。ブノワ刑事はジャン・ギャバンに似た古風な男、クレール刑事は知的な雰囲気の好青年』だってね。私は長年カンヌに住んでますが、ジャン・ギャバン似の渋い男と知的な好青年のコンビなんて、この街で今まで他に一度も見かけたことはありません。それに――」

船長はエミールとブノワを値踏みするように眺めた。

「そのくたびれたビジネス・スーツ。五月のカンヌでそんな格好をしているのは、公務員に違いのないたしかな証拠ですよ」

船長の好意を遠慮して、ブノワとエミールはタラップの下、桟橋に立ってレジーヌ・ブラパンたちの到着を待った。

しばらくして、パレの脇から埠頭《ふとう》を歩いて桟橋に近づいてくる一組の男女の姿が見えた。背が高くてがっちりとした体格、金髪をオールバックにしたサングラスの男性。黒いショートボブ、パンキッシュな格好の小柄な女性。男はガニ股気味に、女はモデルのように、コンクリートの埠頭から桟橋に降りてこちらに向かって歩いてくる。

「あちらは映画プロデューサーのミスター・ゴールドスタインとその恋人、女優のミス・レベッカ。ムッシュ・ロランの紹介で急遽《きゅうきょ》ご一緒することになった飛び入りのゲストです」

客が船に近づく間、甲板の上から船長が一足先に客の名前と肩書を教えてくれる。アイスコーヒーのカップを足元に置き、エミールはその情報を手帳にメモする。

ブノワはにこやかに船の前で二人の客を出迎えた。

「おはようございます。ゴールドスタインさんに、レベッカさん？」

ブノワの前に立ち止まり、ゴールドスタインはサングラス越しに見知らぬ男の顔を見下ろす。

「そうですけど、あなた、誰でしたっけ？　たしか以前お会いしたことがあると思うんですけど……。リュック・ベッソンの映画に出てました？　それとも古い映画？　たしか、刑事役か何かで有名な、フランスを代表する……誰だっけ？」

探るように言いながら親しげに差し出す掌《て》を、ブノワは笑顔で握り返す。

「いいえ、残念ながら刑事役の俳優なんてそんな良いものじゃないんですよ。私は実際の刑事、パリ警視庁のブノワと申します。……こちらは同じくクレール警部補です」

ブノワに紹介され、エミールはポケットから取り出したＩＤを二人に見せる。

「えっ――」何かバレてしまったか？　とでもいうように身を強張らせるゴールドスタインに、ブノワは笑顔のまま声にだけ凄《すご》みを持たせる。

「何か心懸かりなことでも？　アメリカと我が国では当然法律も違います。もし我が国で違法かもしれないとご心配なことがありましたら、あらかじめ私にご相談いただければ、決して悪いようにはしないとお約束しますよ。いかがです？　何か気になることでも？」

「いや……特に何もないと思うんだけど……。なぁ、レベッカ」

「……」

真剣に考え込むように、レベッカは顎に指を添えて黙った。

「おいおい……。きっぱりノンと言わないと、この人たちに変に疑われちまうだろ。俺たち、何もおかしなことはしてないだろ？」

ゴールドスタインの早口の英語に、レベッカはゆっくりとサングラスを外し、上目遣いで三人の男の顔を見渡した。

「彼、ちょっとヤバい男だけど、法律に引っかかるようなことは今のところなんにもしてないと思うわよ。なんにも《ナッシング》。なんにも《リャン》ね」

鼻母音を甘ったるく強調したフランス語を一言最後に加え、レベッカはニコリと笑った。

少し背伸びしたハイティーン。容貌的な魅力以上に、周囲に漂うなんとなく不思議な雰囲気にエミールはぽかんとして見入ってしまう。

同じく黙ってレベッカを眺めていたゴールドスタインがブノワたちに視線を戻す。

「けど、パリの刑事さんたちが一体どうしてクルーザーの受付なんかしてるんです？　何かカンヌで事件でも？」

「いえいえ、今日はマダムの外出にちょっとお供するというだけのことでしてね、別に大した理由はないんですよ」

「なんだ、マダムのお友だちですか！　さすが、フランス文学界の女王は顔が広いなぁ――」

妙に納得した様子でブノワの掌を放し、ゴールドスタインは一安心したようにエミールとブノワの顔を見渡した。

「しかしやっぱり、本物の刑事は役者には出せない貫禄がありますね。どうです？　今度刑事役で俺の映画に出てみません？」

ゴールドスタインのスカウトを丁重に断り、エミールとブノワはアメリカ人カップルの乗船を見送る。ほどなくして目の前の埠頭に停《と》まったタクシーから、落ち着いた雰囲気の一組の男女がハーバーに姿を現した。

エスコートするように男が女に腕を貸し、二人は桟橋を優雅に歩いてくる。

すらりとした高齢の男はブラウンのジャケットにパナマ帽。女はエミールでさえ一目で高級仕立服《オートクチュール》と判る美しいシルエットの黄色いワンピースに身を包み、つばの広いストローハットを被っている。帽子のつばから流れ出るようにはみ出すブロンドの髪は午前の陽光を受け、まるで柔らかな黄金色の絹糸のように輝いている。

うっとりとした声で、甲板の船長はブノワたちに言った。

「まぁ、改めて紹介するまでもないでしょうが、我が国を代表する女優、カトリーヌ・ドヴィリエさん。そして、お連れの男性はドイツのテノール、カール・クロイツ氏です。マダム原作のオペラに出演される演者の方たちですね」

「ドヴィリエに会えるとは、カンヌに来た甲斐《かい》があったというものだな」

独り言のようにつぶやくブノワにエミールは尋ねる。

「そんなに有名な人なんですか？」

「え？――」ブノワは驚いたようにエミールに顔を向ける。

「お前、カトリーヌ・ドヴィリエを知らないのか？　ジェネレーション・ギャップってやつなのか、お前が映画に疎《うと》過ぎるのか……。ドヴィリエと言えばだな……」

説明を始めようとしたブノワの脇でからりとした女性の声が響いた。

「私がどうかしまして？　ムッシュ」

ブノワたちの前に立つドヴィリエとクロイツ。場違いなビジネス・スーツ姿の男たちを二人は不思議そうに眺めている。

「ああ、あなたに会えるのは光栄だと話していたところでした。……お会いできて光栄です、マダム・ドヴィリエ」

甲板をちらりと見上げ、ドヴィリエは船長に尋ねた。

「この方たちは？」

「マダムのお客様、パリ警視庁の刑事さんたちです」

「あら……。カンヌで何か事件でも？」

ドヴィリエは不安げな視線を向ける。

「仕事ではあるんですが、まぁ、あなた方にはきっと関係のないことです。……今日はこちらの船で島に同行させていただくことになりましてね。なに、皆さんのレジャーのお邪魔はしませんのでお許しを願います」

「ああ、そうなの。……ご一緒できて嬉しいわ。どうぞよろしく」

ドヴィリエは貫禄のある笑顔を浮かべてみせた。

簡単に挨拶を済ませ、ドヴィリエとクロイツは早々にタラップを上がって行った。

その間に埠頭の駐車場に一台のＢＭＷが停まり、運転席と助手席から現れた一組の若い男女が桟橋をこちらへと歩いて来る。有名人が続々と闊歩して登場する桟橋は、まるで映画祭のレッドカーペットのように華やかだ。

水色のジャケットを羽織った男はエミールでもその顔を知っている映画監督、ジャック・ロラン。そして隣を歩く白いワンピース、美しい黒髪の東洋人の女性は、たしか――。

「なんだ、昨日エレベーターですれ違ったお二人じゃないですか！」

大きな声を上げ、ロランは愛想良く微笑みながらエミールたちに近づいた。

刑事二人に名乗る隙を与えず、立ち止まったロランはにこやかに言葉を続けた。

「マダムのご招待で今日ご一緒することになったブノワ警視とクレール警部補、でしょ？　船長から電話で聞きましたよ。クルーザーの所有者はレジーヌだけど、今は僕が借りてるものですからね、律儀な船長は報告の連絡を入れてくれたんです。……今日一日、どうぞよろしく」

掌を差し出し、ロランはブノワ、エミールと短い握手を交わした。

「話が早くて助かります。どうぞよろしく。航海中は皆さんのお邪魔にならないよう甲板で海でも眺めていますから、ご同行、どうぞお許し願います」

「航海といっても片道二十分程度の短いクルーズです。是非お好きなように寛いでください」

「ありがとうございます。……さて、そちらの美しい黒髪のお嬢さんは？」

「こちらはアモウ・ナオミさん。この秋、パリ・オペラ座でジャンヌ・ダルク役を歌うプリマドンナですよ」

「そうですか――」ブノワは七音美《なおみ》に穏やかな視線を向ける。

「ジャンヌはフランス人にとって特別な女性です。是非素晴らしい舞台にしてください」

「責任重大ですね。精一杯努めさせていただきます」

七音美は恐縮したような、はにかんだような笑顔をブノワとエミールに作ってみせた。遠慮がちではあるものの、その根底にはゆるぎない自信がひそむ笑顔――その表情一つから、彼女がエミールたちとは別次元に生きる芸術家であることがなんとなく判る。

七音美の清々《すがすが》しい表情に見とれるエミールに一顧もせず、ロランは埠頭の方を振り返った。

「レジーヌたちのワゴンも一緒にホテルを出発したんで、もう着くはずなんだけど。……あ、来た来た。女主人《パトロンヌ》のご到着ですよ」

ロランのＢＭＷの隣、黒いワゴンが埠頭に停車した。

出てきた運転手が後部ドアを開け、白と青のストライプのチュニックを着たアリアーヌ、昨日と同じ灰色のセパレートにグレーのボーラーハットを被ったイネスが埠頭に姿を現した。

その間、運転手はバックドアから車椅子を下ろして車の脇にセッティングする。

アリアーヌとイネスが差し出す手に支えられ、レジーヌが車の中からゆっくりと姿を現す。

「……？」

遠目にも判るレジーヌの異様な服装に、エミールは思わずまばたきしてしまった。

中世の貴婦人のようなシルエットの真っ黒なドレス。黒くて小さな帽子。そして顔の前には黒いレースのベール――レジーヌは喪服で全身を包んでいた。

車椅子を押すアリアーヌ、脇を歩くイネスとともにレジーヌは桟橋を進み、ブノワとエミールの前にその姿を現した。

姿勢よく車椅子に座っているものの、ベールが作る陰のせいか顔色は悪く、表情は暗い。

静かにブノワたちを見上げ、レジーヌは抑揚なく言った。

「昨日は対面もせずに失礼しましたわね。年寄ですから気分の良い時と悪い時の差が激しいもので……どうかお許しを。お詫《わ》びと言ってはなんですが、私の付き添いという名目で、あなたたちもカンヌの島でのんびりと仕事の疲れを癒して帰ってください」

「捜査へのご協力とご親切な配慮、感謝しますマダム。……今日のご予定はオペラのお客さんたちと沖のサント＝マルグリット島へクルーズ、ということでよろしかったですかな？」

「……」

黙るレジーヌに代わってイネスが答えた。

「当初はその予定だったんですけれど、沖側のサントノラ島、レランス大修道院に今日はお祈りに行きたくなったと母が言い出しましてね……。お客様たちは予定通りサント＝マルグリット島、ご案内はムッシュ・ロランにお願いして、私たち家族はサントノラ島に行くことになったんです」

イネスはそばに立つロランにちらりと視線を向けた。ロランはクルーザー前の人々を見渡す。

「ええ、案内は僕に任せてください。カトリーヌとカールはレジーヌたちと一緒に修道院に行くそうだけど……。刑事さんたちはどうします？」

ロランに問われ、ブノワは少し思案する様子でエミールに顔を向けた。

「我々が二人して観光の島を選ぶ訳にはいかないが、静かな祈りの島に大人数でお邪魔するのもご迷惑だろう。私がサントノラ島にお供するから、エミール、お前は後学のためにサント＝マルグリット島の要塞でも見学してくると良い。……それでよろしいでしょうか？　マダム」

ブノワはレジーヌに顔を向けた。

「どうぞお好きに」

喪服のレジーヌは静かに答えた。

2

「え？　マダムとご一緒できない？　じゃあ俺たちも、その修道院がある……なんとかって島にお供させてもらいますよ」

カンヌのハーバーを離れ、海の上を走り出したクルーザーのキャビン。イネスから今日の予定の変更を聞かされたゴールドスタインは大きな声を上げ、室内の人々の顔を見《み》廻《まわ》した。

クルーザーのキャビンといっても、まるで高級ホテルの一室のようにクラシックな家具で調度された広々とした一室、それぞれソファーやスツールに座った同行者たちは皆、ゴールドスタインに気の毒そうな視線を向けている。

ブラパン家の人々とドヴィリエ、クロイツはレランス大修道院のあるサントノラ島に。

他のゲストは予定通りサント＝マルグリット島に――。

変更された行程を発表し終えたイネスは、申し訳なさそうにゴールドスタインを見つめた。

「サントノラ島は修道院しかない静かな信仰の島です。観光向きの島ではありませんのよ」

「でも、俺たちは是非マダムとご一緒に過ごしたくて、わざわざアメリカから……」

「ゴールドスタインさん――」

　わずかに語気を強め、イネスはその名を呼んだ。

「失礼ながら、お名前から推察するに、あなたはカトリックの信者ではありませんわよね？」

「たしかにうちの先祖はユダヤの司祭《ラビ》だったらしいですけど、親父の代からうちは無宗教ですよ。何か問題でも？」

　困惑したような微笑みを浮かべ、ゴールドスタインは再び人々の顔を見渡した。

　車椅子に座ったレジーヌが黒いベールの下から言う。

「無宗教なら尚更行くべき場所じゃありませんわね。神と向き合う以外、何もすることがない島ですから。……どうぞあなた方はサント＝マルグリット島でお遊びください」

「けど、マダム……」

　きょろきょろと辺りを見廻して、ゴールドスタインは七音美を視線の先にとらえた。

「君はどうなんだい？　日本人の君もきっとカトリック信者じゃないだろ？　せっかくのクルージングなんだ、君もマダム・ブラパンとご一緒したいよな？」

　皆の視線が七音美に集まる。

　ゴールドスタインの望む答えも判らなくはないが、七音美は自分自身の心に正直に答えた。

「もちろんレジーヌのお供もしたいですが、レジーヌが私たちに見せたいと仰言《おっしゃ》ってくださるサント＝マルグリット島も、私は是非一度見てみたいです」

　当てが外れた——という表情を浮かべ、ゴールドスタインは七音美の隣、ドヴィリエに素早く視線を滑らせる。

「じゃあ、両方の島に行くっていうのはどうです？　あなたとも是非お話したいことがあるんですよ、マダム・ドヴィリエ。このまま二手に分かれてしまうのは、せっかくご一緒できるチャンスを無駄にしてしまうようで、なんだか、もったいなくありません？」

　ドヴィリエは肩を竦《すく》め、小さく首を横に振った。

「サント＝マルグリット島には何度も行っているから、私は修道院の島だけで充分よ。私とカールはカトリックだしね。それに仕事関係の話は全部エージェントに任せているから、あなたとお話することも特に何もありませんわ」

　それだけ言い、ドヴィリエはイネスに顔を向けた。

「タバコは、ルーフでならＯＫだったかしら？」

「ええ、皆さんにそうしていただいています」

　ドヴィリエは席を立ち、小さなハンドバッグを手にキャビンの外へと出て行く。

　女優の背中を見送り、ゴールドスタインは恨めしそうにレジーヌを見遣った。

　車椅子を半回転させ、レジーヌはゴールドスタインに背中を向けた。

ナオミ、少し海でも眺めないかい?――自分自身が気まずくなったのか、あるいは七音美への配慮か、ロランの誘いで七音美はキャビンを出て甲板に立った。

　まるでホテルの一室のように静かだったキャビンの中と違い、クルーザーの動力音、波しぶきの音、船のスピードが生み出す海風……船側《せんそく》の甲板はまさに海の上、南仏の青空の下を走る船上にいることを七音美に実感させた。

「綺麗《きれい》な眺めですね――」思わず七音美はつぶやく。

　船の航路に残る白い曳波《ひきなみ》の先、遠く陸地にはカンヌのハーバーと緩やかな弓形を描くビーチ、そして映画祭の会場、巨大なパレ・デ・フェスティバルがマッチ箱のように小さく見えている。

　舳《へ》先《さき》の方に視線を移せば、七音美とロラン、ゴールドスタインたち、そしてクレール刑事が今から目指す『監獄島』――サント＝マルグリット島の島影が少しずつ近づいてきているのが見える。

「大きな島ですね……」

　つぶやく七音美に隣に立つロランは言った。

「実はそんなに大きな島でもないんだよ」

「そうなんですか?」

「あの島は船のように細長くって、陸から見えているのは船側にあたる長い面。……つまり、ホテル・ガルニエがある岬の沖に大きな船が横付けに泊まっているような感じなんだ。そして、その船の外側にもう一艘《いっそう》、一回り小さな船が並んで泊まっている。それがサントノラ島。二島合わせて『レランス諸島』という訳さ」

「へぇ……」

七音美が改めて島を眺めた時、二人の背後に低い声が響いた。

「島は目の前だっていうのに、マダム・ブラパンには取りつく島もなし……だ」

振り返るとそこには、キャビンから出てきたゴールドスタインが一人立っていた。

ロランの肩に寄りかかるように腕を回し、ゴールドスタインはわざとらしく嘆く。

「ジャック、お前のおかげでせっかく船に乗せてもらえたのに、手前の島で降ろされちまうなんて、さすがにあんまりだと思わないか？」

海を眺めたまま、ロランは肩を竦める。

「レジーヌはいつもあんな感じなのさ。まぁ、今日は喪服なんか着てちょっと様子がおかしいけど、レジーヌの客になった以上、全てはレジーヌの気分次第――。『今すぐここで降りろ』なんて言われなかっただけマシだと思って、せいぜい監獄島の観光を楽しむが良いさ」

ゴールドスタインは「ふん」とつまらなそうに鼻を鳴らした。

「『監獄島』なんて辛気臭いもの、アルカトラズだけで充分だぜ。……けど、ジャック」

悪友に耳打ちするように、ゴールドスタインはロランに身を寄せた。

「この船に乗ったのは、全くの無駄という訳じゃなかったぜ。お前のおかげで俺たちは別の儲《もう》け話をアメリカに持ち帰ることができるかもしれない」

「なんだい？　それは」

それまで海を眺めていたロランはゴールドスタインに顔を向けた。

邪悪な微笑みを浮かべ、ゴールドスタインは声をひそめた。

「……俺は秘密を握ってるんだ、ある女のな」

小声ではあったものの、はっきりと聞き取れたその声に七音美は思わずゾッとする。

『ある女』というのが自分でないことはまず間違いない。しかし、誰かの秘密をネタに強請《ゆす》りをたくらむ男の醜さには、七音美でなくとも誰だって嫌悪感を覚えることだろう。

「おいおい、君はアメリカに帰るから良いかもしれないが、今回のゲストはみんな僕の大事な友人なんだ。妙な行動はよしてくれよ」

「ハハハ。大丈夫、大丈夫」

ポンポンとロランの肩を叩《たた》き、ゴールドスタインは二人のそばを離れた。後ずさりで進みながら、ゴールドスタインは冗談めかして言った。

「もし俺が返り討ちにあったら骨を拾ってくれよ、ジャック」

くるりと身を翻し、ゴールドスタインはルーフへの階段を上がって行った。

ゴールドスタインの姿が消えるのを見送り、七音美はロランと顔を見合わせる。

「……やれやれ。とんだ男を招いてしまったものだよ」

「大丈夫でしょうか？」

七音美はルーフに視線を向けた。ゴールドスタインが向かった先、ルーフではドヴィリエが一人タバコを喫《の》んでいるはずだ。話の流れから考えるなら『ある女』とは……。

自分自身と七音美を安心させるように、ロランは声を小さくつぶやいた。

「まぁ、彼女は強い女性だから、もし奴に何か言われたとしてもきっとびくともしないはず、それこそきっと返り討ちさ。……さて、そろそろ到着だね」

舳先の方に顔を向けたロランの視線を追い、七音美も船の進行方向に目を向ける。

目の前にはホテル・ガルニエの真正面に見えた島の中央部分、切り立つ白い崖とその上に横長に伸びる城壁が間近に見えていた。

高台からなだらかに下った崖下の右側、観光船用の大きな埠頭が見えているが、船はそちらではなく崖の左手、三色旗はためく掲揚ポール一本だけ立つ小さな埠頭に向かっている。

「あの埠頭に着けるんですか？」

「ああ。あっちがプライベートクルーザー用の船着き場なんだよ」

動力音の音程が低くなり、船のスピードが落ちる。

青い空の下、切り立つ白い崖の脇。掲揚ポールにはためく三色旗に迎えられ、七音美たちは監獄島に到着した。

*

七音美とロラン、ゴールドスタインとレベッカ、そしてエミールを島に下ろし、レジーヌのクルーザーは埠頭を離れて行った。

レジーヌとの交渉叶《かな》わず、もう着ける必要がなくなったのだろう。レベッカは黒いボブのウイッグを外し、明るいブロンドのロングヘアに変身していた。ウイッグの時よりも随分幼い、まるでハイスクールガールのような印象にはなったが、今の方がよほど自然で魅力的だと七音美は思う。

がらりと雰囲気の変わったその姿を不思議そうに眺めるエミールに、指で髪を弄《あそ》びながらレベッカは言った。

「頭が暑くて、もう我慢の限界だったのよ。あんなものもう二度と着けたくないから、船のゴミ箱に捨ててきちゃった」

「はぁ……。でも、今の方がなんというか……その……チャーミングだと思いますよ」

フランス人男性にしてはひねりのない褒め方に、レベッカはゴールドスタインと顔を見合わせる。

「ですってよ――」愉快そうに言うレベッカに「ああ、俺も同感だよ」と淡白に応え、ゴールドスタインは一同の顔を見渡した。

「さて、わざわざカンヌまで来てこんな島でのんびりしてても仕方ない。俺たちは街に戻って新しい出資者でも探すとしよう」

ロランから定期便の船着き場への道を教えてもらい、ゴールドスタインは「じゃあな、ジャック。また連絡するよ」と言い残して歩き出した。レベッカは七音美の正面に進み「アジア人のジャンヌ・ダルク、あなたも頑張ってよね。さよなら《アデュー》、ナオミ」と言い残しゴールドスタインの後に続いた。

甲板でのやり取りでさすがにうんざりしたのか、特に引き留めることなく、ロランはにこやかに手を振ってゴールドスタインとレベッカの背中を見送った。

埠頭に残った七音美とロランとエミール――三人は改めて顔を見合わせる。

一人場違いなスーツ姿のエミールは気まずそうに言った。

「なんだかすいません……。たった三人になるなら私も修道院の島に行けば良かったんですが、私があまりにも歴史や文化に疎いもので、監獄要塞の博物館で少し勉強でもして来いと上司に言われてしまって……。改めて、私はパリ警視庁のエミール・クレールです。どうぞよろしくお願いします」

「この島も監獄要塞も、観光地としてなかなかユニークな場所です。せっかくだから存分に楽しんでください。僕はジャック・ロラン、彼女はアモウ・ナオミさん。どうぞよろしく、クレール刑事」

ロランに紹介され、エミールは不器用な笑顔を七音美に見せた。

「今度オペラ座で主役を歌われるそうですね。以前からファンでした……と言えれば良いんですが、恥ずかしながらオペラどころか、映画もろくに観《み》ないありさまで……。すいません」

「一度劇場に足を運べば、オペラが好きか嫌いかはっきりすると思います。秋の『オルレアンの聖女』には是非いらしてください」

「はい、きっと聴きに伺います」

明るく応えるエミールに、ロランが親しげに声をかけた。

「ここから崖の上の監獄要塞、海洋博物館までは上りの一本道です。まずはそこまで、せっかくですからご一緒に散歩しましょう」

崖上へと続く階段を上り、監獄要塞内陸側、星形に突起した石垣の外周をぐるりと回り、三人は要塞の入口に到着した。石造りのゲートをくぐり、石段を上がり、そして、石レンガ造りの背の低い建物が複数並ぶ平坦な広場のような場所に七音美たちは辿《たど》り着いた。

日本風に言えば本丸の廓《くるわ》——とでもいう感じだろうか？

しかし日本の城と違い、天守のような特徴のある建物がなく、背の低い建物がぽつりぽつりと建っている様子は『城壁に囲まれた高台の廃墟《はいきょ》』とでもいうような印象が強い。点々と観光客の姿は見えるものの、カンヌの街中の人口密度に比べれば、広い城内に人影はほとんどないに等しい。

広場の中央から海側に顔を向ければ、二十メートルほど先、腰ぐらいの高さの城壁の向こうに青い空と海、カンヌの市街が遠く美しく見えている。

「あそこからは、きっと抜群の眺めでしょうね」

海側の城壁の方に向かおうとする七音美にエミールが遠慮がちに声をかけた。

「あの……私は要塞の建物や博物館を勝手に見学しているので、ここを出る時や何かご用があったら、こちらに電話をください」

エミールは取り出した名刺を七音美とロランに手渡した。

「せっかくですから、僕らと一緒に城内を見て廻りませんか？」

「いえいえ、私はあくまで仕事の一環でこの島に来たまでですから、皆さんの観光のお邪魔をする訳にはいきません。……どうぞご予定通りゆっくりと楽しんでください」

引き留める隙も与えず、エミールは片手を上げて挨拶し、海と逆側の建物の方へ足早に去って行った。

「律儀な刑事さんだな――」ロランは七音美に微笑み、海側の城壁に向かって歩き出した。

「うわぁー！　綺麗！」

日本語で、七音美は思わず声を上げてしまった。

三角に少し突き出した城壁の先端まで進めば、正面には遮るものなく視界一杯広がる青い空と海のパノラマ。遠く対岸にはホテル・ガルニエがある岬とカンヌの市街。城壁から少し身を乗り出して見下ろせば、思わずゾクリとしてしまうような切り立つ断崖。そして右斜め下には七音美たちが到着した埠頭、ぽつんと立つ掲揚ポールに三色旗が美しくはためいている。

正面の大パノラマに視線を戻し、七音美はフランス語に言葉を戻した。

「映画祭の街のすぐ沖に、まるで映画に出てくるような歴史のある古い要塞があって、映画みたいに綺麗な景色が広がっていて……なんだかとっても素敵ですね」

「たしかに面白い景色だよね。現実の歴史の舞台、『鉄仮面』の監獄島から眺める、映画とリゾート……フィクションと非日常の街」

城壁に腰をつけてもたれかかり、ロランは笑顔で七音美に尋ねる。

「君はどっちの眺めが好きだい？　島から眺めるカンヌと、カンヌから眺めるこの島と」

「うーん、そうですね……」

海を眺め、考え、そして七音美は答えた。

「私は島から眺めるカンヌの景色の方が好きです。舞台の上から客席を眺めてるみたいで」

「ハハハハ――」ロランは高らかに笑った。

「さすがプリマドンナだね、恐れ入ったよ。……小説家のレジーヌは客席側から舞台を見る方がお好きなようで、この島を真正面に眺められるのが気に入ってあの部屋に住むことを決めたんだそうだよ。……レジーヌの部屋に大きな望遠鏡があったろ？」

言われて七音美は思い出す。メインリビングではなくレジーヌの居室、たしかに筒径の大きな望遠鏡があった。

頷《うなず》く七音美に、ロランは遠くホテルのある岬の方を眺めて言った。

「彼女は日がな一日望遠鏡でこの島を眺めてるんだ。あの望遠鏡を使えば、この場所に立つ観光客の表情まではっきり見えるらしい。陸側から島を見張る、まるで監獄要塞の女看守様さ」

冗談めかして笑い、ロランは城壁から腰を離した。

「――さて、そんな看守様が見張り続けるこの監獄要塞のスペシャルゲスト、正体不明の謎の男が滞在していた『鉄仮面の間』に、そろそろ行ってみるとしよう」

七音美とロランが海を眺めていた城壁から連続するように崖上に建てられた石造りの建物。その入口には『カンヌ海洋博物館』『鉄仮面の間』と書かれた垂れ幕がかけられていた。

要塞の敷地内でもひときわ背が高く大きなその建物は、垂れ幕が示す通り博物館として利用されているようで、広く、ひんやりと薄暗い館内には近海で引き揚げられたらしい古代の壺《つぼ》や銅器、漁撈《ぎょろう》の道具などが点々と展示されていた。

展示物の脇を均一のテンポで進み、ロランは建物の中でも特に古びた一角、海に面した石造りの棟の廊下へと進んだ。

廊下の右手には長方形の小さな鉄製の扉が等間隔に並んでいる。

並んだ扉の奥、『鉄仮面の間』と各国語で書かれたパネルが立つ一室にロランと七音美は辿り着く。開かれた鉄扉、一メートルほどはあろうかという分厚い石の壁が作る洞窟のような入口を抜け、七音美はロランに続いて監獄要塞の特別室、『鉄仮面の間』の中へと入った。

日本風に言うなら六畳一間ぐらいのその独房は、七音美が想像していたよりもはるかに快適そうな部屋だった。

アーチ状に曲線を描く高い天井。天井も壁も、周囲は白い総漆喰《そうしっくい》。部屋の突き当り、壁のやや高い位置に大きな長方形の窓があり、南仏の午前の日差しを柔らかに室内に取り込んでいる。

きょろきょろと辺りを見渡しながら、七音美は部屋の中央に向かって進む。

「もっと暗くてじめじめした部屋かと思ってましたけど、結構清潔で明るい部屋なんですね」

「窓の外にはカンヌの空と海。こんなに立地の良い独房は他にはまずないだろうね」

七音美はそのまま窓へと近づいた。

入口と同じく室内から外壁までの壁は厚く、しかも細かに組まれた鉄格子が手前、中、奥——と三重に嵌《は》められている。堅固な鉄格子を通して美しいカンヌの景色を眺めると、なんともいえない寂しさが七音美の胸に込み上げてくる。

「目と鼻の先に自由な陸地。こんな残酷な眺めの部屋に閉じ込められたら、私だったら辛《つら》くて気がおかしくなっちゃいそう……」

小さくつぶやき、七音美はこの独房に幽閉されていたという囚人の心に思いを馳《は》せた。先月の舞台『カルメル会修道女たちの対話』で革命に圧殺される修道女になりきっていたせいか、こんなに美しい景色の場所にいながらも自由を奪われた囚人の絶望が妙に生々しく胸に迫る。そしてその思いは舞台の上、役に没頭していた七音美の感情までをもはっきりと呼び醒《さ》ました。

断頭台に上る終幕《フィナーレ》、『サルベ・レジーナ』の合唱に、まるで伴奏のように響いたギロチンの「ジャキン――」という乾いた音が、不意に七音美の胸に甦《よみがえ》った。

「……やっぱり、君は想像力が豊かなんだね」

七音美と並んで鉄格子の外を眺め、ロランは言った。

我に返り、七音美は誤魔化すように話題を変えた。

「でも、鉄仮面の正体って、一体誰だったんでしょうか？」

「それについては、昔から色々な説が言われてきたんだ。ここでも、前後にいたピネローロやバスチーユの監獄でも、彼は他の囚人とは別格の待遇を受け、監獄長やそれに準ずる役職者に直接世話をされていた。それだけでも、その囚人が只者《ただもの》でないことは判るよね？　その正体として今まで噂されてきたのは……」

数え上げるように、ロランは一本ずつ指を立てながら言う。

「イングランドから秘密裏に誘拐された護国卿《ごこくきょう》、オリバー・クロムウェル。貴族の反乱、『フロンドの乱』の首謀者でルイ十四世の従兄、ヴァンドーム公。王妃とマザラン枢機卿《すうききょう》の間に生まれた不義の子、ルイ十四世の腹違いの兄。あるいは逆に、マザランがその子とすり替えた本物のルイ十四世」

「ルイ十四世？　あの『太陽王《ロワ・ソレイユ》』が鉄仮面？」

首を傾《かし》げる七音美に、ロランは皮肉な笑みを浮かべて言った。

「その説にはびっくりするようなおまけもついてるんだ。鉄仮面……本物のルイ十四世はこの島から実は無事脱獄を果たし、海の向こうのコルシカ島に逃げ延びた。そして、島の女性と結ばれて、ある砲兵士官の父となった――。ナポレオン・ボナパルトという名前のね」

「ナポレオンが、ルイ十四世の子ども？」

「ハハハハ――」

七音美の声をかき消すように、ロランの高笑いが独房に響く。

「もちろんそれはナポレオン没落後、当時のパリっ子たちの間で流行した根も葉もない『都市伝説《レジャンド・ウルベーヌ》』に過ぎないんだけどね。昔の栄光を懐かしむフランス人の中には、そんな噂《うわさ》を本気で信じる人間も結構いたみたいなんだ。笑っちゃうよね」

「日本にも似たような英雄伝説がありますよ。お兄さんに疎まれて攻め殺された義経《よしつね》っていうヒーローが、大陸に渡ってモンゴルの王、チンギス・ハンになった……っていう」

「へぇー。その手の都市伝説って、どこにでも生まれるものなんだね」

「冷静に考えれば絶対にありえないって判る話でも、『もしかしたら……』って信じたくなる気持ち、フランスでも、日本でも、きっと同じなんでしょうね。悲劇の英雄とか、ミステリアスな噂とか、みんな大好きですもの。……でも、そういえば」

ロランの瞳をじっと見つめ、七音美は興味津々に尋ねた。

「我らがヒロイン、ジャンヌ・ダルクも実は死なずに生きていた――そんな伝説は残っていないんですか？」

目を輝かせる七音美の前でロランは残念そうに肩を竦めた。

「ジャンヌのカリスマ性が怖くて彼女を処刑した敵方にとって、そんな噂が立ってしまうことは一番避けなければならないことだった――。だから、処刑人たちは、とても念の入った仕事をしたんだよ」

七音美は黙って首を傾げる。

少しためらい、ロランは声を低くして言った。

「火刑の途中、処刑人たちは火刑台から焚《た》き木を離して一度火を止めたんだ。ケロイド状に生焼けになって、破れた胸から鼓動する心臓を覗かせた瀕死《ひんし》のジャンヌの姿を、本人の証《あかし》として見物人たちに晒《さら》すために……」

「……」

好奇心が消え去り、自分の表情が固まるのを七音美は自覚する。

ロランも沈黙し、『鉄仮面の間』はしばし無音の静寂に満たされる。

その時だった。

ジャキン――オペラの中のギロチンの音に似た乾いた金属音がとても小さく、石造りの建物に染み込むように響いた。

「あの音……！」

七音美は思わずロランの腕を摑《つか》んだ。

驚いた様子でロランは身を縮ませる。

「何？　どうしたんだい？」

「今の音！　ギロチンみたいな、ジャキン――って！　とても小さな音だったけど……」

「大丈夫かいナオミ？　顔から血の気が引いて……」

しばし七音美の顔を見つめ、ロランは自らの額に掌を当てて悔やむように天を仰いだ。

「ああ！　僕はなんて馬鹿なんだ！　今度ジャンヌを歌う、繊細で想像力豊かな女性に彼女の悲惨な最期を話すなんて……僕はオペラ座の芸術監督失格だ。ナオミ、本当に申し訳ない」

「いえ、そんな――」

どうやらロランは七音美が幻聴でも聞いたと思っているようだった。けれど七音美はたしかにその金属音を耳にした……はずだ。

言葉を失い、呆然《ぼうぜん》とし続ける七音美に、ロランはいたわるように声を掛けた。

「椅子に座って少し休もう。日本からの長旅、やっぱり君は疲れているのかもしれない」

「……」

そう言われると、なんだか疲れている気もしなくもない。

七音美は無言で頷いた。

鉄仮面の間を後にして、七音美とロランは博物館入口近くのソファーに座って一息ついた。

「どうしようか？　ランチにはまだ少し早いけど、この島のレストランでのんびり過ごす？　早めに船長に迎えに来てもらってレジーヌたちと合流する？　それともカンヌに戻って安静にする？」

心配そうに尋ねるロランに、七音美は笑顔を作ってみせる。

「いいえ、そこまで疲れている訳じゃないと思うんで大丈夫です。……これからどうするかはお任せします」

「じゃあ、船長に迎えに来てもらって修道院の島に向かうことにしようか？　ここよりも静かで観光客がほとんどいない島だけど、ハーバーにある小さなビストロできっとみんなはランチをとるはずだ。そこに行ってレジーヌたちと合流することにしよう。それでも良い？」

「はい、それが良いです」

「じゃあ、船長に電話をかけてくるから、君は少しここで待っててくれる？」

「ありがとうございます。じゃあ私、その間レストルームに」

「ああ。そうすると良い」

ロランは携帯電話を片手に博物館の出口の方に向かって行く。その背中を見送り、七音美もソファーを立ってレストルームの場所を探した。

　階段脇の案内図によると、それは博物館の地下にあるようだった。

　ショーケースが整然と並べられた明るく綺麗な一階と違い、地下は石造りの建物の構造そのまま、いくつも並んだ小部屋が展示スペースとして利用された薄暗くて静かなフロアだった。ドアも、前面の壁もないそれらの部屋は、もしかすると昔は鉄格子が嵌められた地下牢《ちかろう》だったのかもしれない。

　部屋に並ぶギリシャの壺や難破船の遺物などを横目に石畳を歩き、七音美は誰一人他の客と会うこともなくレストルームの手前まで進んだ。当時の雰囲気を再現するためか、極限まで照明が絞られた地下、明るいのはレストルームの入口から漏れる光だけだ。

　その明るさになんとなくほっとして次の一歩を踏み出そうとした時、七音美の耳に再びあの音が響いた。

　ジャキン――。

ハッとして七音美は歩みを止めた。

静かな地下に響く、それはとても小さな音だった。

しかしそれは七音美の心の中にではなく、間違いなく監獄要塞の地下、石造りの空間に響いていた。

音は背後、今歩いてきた薄暗い廊下の方向から聞こえた気がする。

恐る恐る、七音美は背後を振り返った。

「――――！」

目の前の光景に、七音美は自分の目を疑い、そして言葉を失った。

薄暗い廊下の遠く向こう、地下牢の前。

そこにはロングのシュミーズドレスを着た女の影のようなものがこちらを向いて佇《たたず》んでいた。

そのシルエットは先月のオペラ、終幕《フィナーレ》でギロチンに向かう七音美自身の姿に似ていた。

もしかして私は、鉄仮面の伝説やジャンヌの残酷な最期の話に頭がおかしくなって、自分自身の幻影を目の前に生み出してしまっているのだろうか――？

遠くて、薄暗くて、その顔は黒い影になってよく見えない。しかし、七音美はなんともいえぬ違和感をそこに覚える。

身動きもままならず、ただ呆然とその姿を眺め続けていた七音美は気づいた。

頭部の前に黒く、鈍く光を反射する無表情な女の顔――。

それは鉄の仮面だった。

女の右手がすっと横に伸び、そして再び「ジャキン――」という音が響く。

その微《かす》かな金属音の正体を、七音美はようやく理解した。

それは女が開いて閉じる、細長いハサミの刃が擦《こす》れる音だった。

七音美ははっきり理解した。

あれは自分の心が生み出す幻影などではない。人間なのかそうでないのかはともかく、女はたしかにここにいる――。

鋭いハサミを脇にかざし、女はこちらに向かってゆっくりと歩き出した。

「……」

声を出すのが仕事なのに、あまりに異常な状況に七音美は少しも声を出せなかった。

数歩後ずさり、七音美は身を翻して廊下を駆け出した。明るい光の前を折れ、再び薄暗くなった地下の廊下を七音美は全力で走った。案内図ではこの先にも地上に上がる階段があったはず――。

記憶を頼りに、七音美は背後に響く足音から必死に逃げた。

手をつかんばかりの勢いで七音美は階段を駆け上がった。そして誰もいない博物館の通路を駆け抜け、建物の外に飛び出した。

そのまましばらく走り、広場の真ん中に両手をついて倒れ込み、そして七音美は大きな悲鳴を上げた。

なんとか絞り出せたのは日本語でもフランス語でもなく、歌い慣れたイタリア語、オペラそのままの声だった――。

「助けて《アイウート》！」

青空の下に響くソプラノに、監獄要塞の敷地内、ぽつぽつと立っていた観光客たちは一斉に七音美の方に顔を向ける。

「どうしたんだ、ナオミ！」

携帯電話を握ったロランが博物館の陰からこちらに向かって駆けて来る。

目の前にひざまずき、ロランは心配そうに七音美の顔を覗《のぞ》き込んだ。

「どうしたんだ！　一体何があったんだ？」

動悸《どうき》を抑え、七音美は博物館の方を指さした。

「鉄仮面が……。ジャンヌの……女の顔の鉄仮面が……」

「なんだって？　それで、どうしたの？」

「地下室で、私の前に現れて……」

「……」

しばし唖然《あぜん》とし、そしてロランは大袈裟《おおげさ》に笑った。

「ハハハ——。君は本当に繊細な人だなぁ。『鉄仮面の間』で話した内容そのままの幻影を見るなんて。いや、アーティストとしてはそれぐらいの方が良いのかもしれないけど……」

立ち上がって辺りを見渡し、ロランはまるで舞台の口上人のような大声を上げた。

「監獄要塞オペラ・フェスティバル。ショートプログラム、『歌姫の叫び』。続きは是非パリ・オペラ座で！　主演、アモウ・ナオミ、芸術監督、ジャック・ロラン、皆様のお越しを心よりお待ちしております！」

芝居がかった仕草でロランは頭を下げ、へたり込んだままの七音美にちらりと視線を送る。

「上手く収めたろ？」——とでもいうように、ロランは七音美にウィンクして見せる。

本当に観光地の余興と思ったのか、純粋に七音美のソプラノに感心したのか、遠巻きに眺めていた観光客たちの中からぽつりぽつりと拍手が沸き上がり始めた。拍手の音は少しずつ増え、華やかな笑顔を見せるロランと呆然とする七音美はいつの間にか大勢のギャラリーに取り囲まれてしまった。

「ロラン、今年こそはパルムドール間違いなしだね」「ロラン、一緒に写真撮ってください！」「ロラン、サインを」……広く顔が知られた有名人のロランは観光客たちから次々に声をかけられる。

　自らの存在をアピールしてしまった以上、ロランは腹を括ったのかその一つ一つに愛想良く応え始めた。

　その隣でへたり込んだままの七音美に、人垣の隙間から不意に腕が差し伸べられた。

「大丈夫ですか？　……どうなさったんです？」

　心配そうに七音美を見下ろす、それはエミールの腕だった。

　差し出された掌を握り、七音美は刑事の助けで立ち上がる。

「ありがとうございます」

「博物館の上の階の展示を見ていたら、突然外で大きな声が聞こえて……。驚いて飛び出してきたんですが、今のは本当にオペラの一場面……だったんですか？」

「いえ、その……」

　どう説明しようかと考え込んだ時、七音美のすぐ目の前に立つ中年女性が話に割り込んだ。

「そうよ。今のはプッチーニの『トスカ』第二幕、悪党のスカルピアに迫られて張り上げるトスカの叫び声。……そうでしょ？　アモウ・ナオミさん」

恐怖のあまり悲鳴を上げることができず、何度も練習したオペラの叫びそのままに張り上げた声――それはたしかに、彼女が言うシーンの音程には違いなかった。

「まぁ、そうですけど……」

七音美の答えに、女性は得意げに同行者たちの顔を見渡す。

「ね？　そうでしょ？　私、彼女のトスカをエクサン＝プロヴァンスの音楽祭で聴いたことがあるのよ。それは素晴らしいトスカだったわよ！　私、昔から彼女のファンなの。……ナオミさん、こんな所であなたに会えるなんて、私、なんてラッキーなんでしょう！　私たちと記念写真を撮ってくださらない？　オペラ座にも、私たち必ず聴きに伺いますから」

「ありがとうございます。……喜んで」

ファンと言われて写真を求められた以上、笑顔で応えるのは七音美にとって身に染みた習慣のようなものだった。

女性はエミールに視線を向ける。

「……じゃあ、あなた、撮ってくださる？」

「は、はい」

女性にカメラを渡され、エミールは七音美と観光客一行にレンズを向ける。

満面の笑顔の女性たちに囲まれて、七音美は気をとり直し、背筋を伸ばして微笑んだ。

3

崖下のレストランに向かうという観光客たちに囲まれ、ロランと七音美は一緒に写真を撮ったり、歓談したり、気さくなファンサービスをしながら船着き場へと向かった。

海岸のレストラン前で賑《にぎ》やかな一行と別れ、三人はその目と鼻の先、三色旗はためく埠頭へと進む。レジーヌのクルーザーは既に接岸し、タラップを下ろして三人の帰りを待っていた。

「もっとゆっくりなさるかと思ってたのに、随分早かったんですね」

船長の笑顔に迎えられ、七音美、ロラン、エミールは甲板に上がった。

「監獄要塞の歴史の重みは、イマジネーション豊かなアーティストには少し刺激が強過ぎたみたいでね」

冗談めかして言いながら、ロランは七音美のためにドアを開け、二人はキャビンの中に入って行く。ドアを閉めず、ロランはエミールを振り返った。

「島を半周して外洋側の修道院の島まで……それほど長い船旅じゃないけど、良ければ君も中で一緒に飲み物でもどうだい？」

「お心遣い感謝しますが、私は外で海でも眺めています。どうぞお気になさらずに」

「そう言うと思った――」ニコリと微笑み、ロランは一度室内に入ってエミールの前に戻る。

「勤務中だから当然アルコールもダメ……って言うんだろ？　だからこれ、旅のお供に」

オランジーナを一瓶、ロランはエミールに手渡した。

レストランのテラス席に座った観光客たちに手を振られ、はためく三色旗に見送られ、船はサント＝マルグリット島の小埠頭を離れた。

右舷の桟にもたれかかり、遠ざかる監獄要塞の断崖と緑の島影をぼんやりと眺め、そしてエミールはオランジーナを飲んだ。カンヌの街でのスターバックスも心地良かったけれど、オランジーナの軽い甘さは船の上、爽やかな向かい風と潮の香りによく似合う。

「――ムッシュ・クレール、ご一緒しても良いですか？」

背後に澄んだ声が聞こえた。

振り返るとそこには美しいソプラノ歌手が一人、グラスを手にして立っていた。

「あれ？　ムッシュ・ロランは……？」

「仕事仲間から電話がかかってきて、それで遠慮して、ちょっと出てきたんです」

キャビンに目を向けると、窓の向こう、ソファーのロランは携帯を耳に大笑いしている。

「……華やかな人ですね。私とはまるで別世界の人たちです。彼も、あなたも」

「私もですか？」

七音美は言い、エミールの隣の桟に肘をついた。

「ええ。あんな大勢の観光客に囲まれて、あっちからもこっちからも話しかけられて、写真を何度も一緒に撮って……それでも嫌な顔一つせず皆に笑顔で応え続けるなんて、私にはとても真似できないですよ」

「恐い事件の捜査こそ、私にはとてもできないです」

軽く微笑み、七音美は海からの風に目を細めた。

「まぁ、恐い事件は私もなるべくご免こうむりたいですが……」エミールは苦笑する。

「けど、あなたのお仕事は凄いですね。要塞中の人の注目を集める声を出し、一瞬であの場所をドラマチックな舞台に変えてしまうんですから。まるで本当にオペラみたいな事件でも起こったのかと思ってびっくりしましたよ」

何も応えず、七音美は黙って海を見つめた。

妙にシリアスな七音美の表情に、エミールの心は少し引っかかる。

「けどあれは、ムッシュ・ロランが言っていたように本当にオペラの宣伝か何かだったんですか？　それにしては、あまりにも唐突だったような気もしますが……」

「……」

なおも七音美は黙ったまま、じっと海を眺め続けている。

しばらくしてエミールに顔を向け、七音美は真剣な眼差しでエミールの瞳を見つめた。

何かを言おうとし、しかし躊躇《ためら》い、七音美は首を振ってエミールから目を逸《そ》らす。

「別に宣伝でもなんでもなかったんです。私、『鉄仮面の間』の雰囲気にあてられて、ジャンヌ・ダルクの惨《むご》い最期の話を聞いて、ちょっとナーバスになっちゃって……」

再びエミールに顔を向け、七音美は力なく微笑んだ。

「それで博物館の薄暗い地下で何かを見ちゃったのか、それとも何かを見たと思ったのか……。気味の悪い鉄仮面の女の姿を見て、それで、外に逃げ出して悲鳴を上げたんです」

「そんなことが？」

妙な話に驚くエミールに、七音美は弱々しく首を横に振った。

「その時は身の危険を感じて本当に怖かったんですけど、格好はジャンヌ・ダルク風の白いドレス、顔には鉄仮面……私が直前に想像していた恐怖のイメージそのままの姿で……。地下は薄暗かったし、だからやっぱり、あれは私の見た幻覚か何かだったんだと思います。きっと」

吹っ切るように背筋を伸ばし、七音美はエミールに体を向けた。

「ところで刑事さんは、一体どんな事件を追ってパリからカンヌまでやって来たんですか？何かの事件の調査でいらしたって、イネスさんから伺いましたけど」

「私ですか？」

急な質問にエミールは焦る。ナーバスになって「何かを見たかもしれない」と言う繊細な女性に、パリでの酷《ひど》い殺人事件の話などとてもできたものではない。

しかし、エミールには少し気になる点があった。

パリの事件現場は古いパサージュの地下。

彼女が何かを見たというのも古い要塞の地下。

ほんの小さな要素ではあるものの、そこにはたしかに共通集合の重複部分が存在する――。

エミールはつとめて何気なく言った。

「殺人事件なんですよ。……パリの地下で、女性がハサミで刺されて殺害された」

「ハサミ？」

七音美は目を見開いてエミールに顔を向けた。その顔色はみるみるうちに蒼ざめてゆく。

「どうしたんですか？　何をそんなに驚いて……」

エミールが言い終えるよりも早く、七音美は声を震わせた。

「地下の女も、手にハサミを持ってたんです。鉄仮面や中世風のドレスは私が直前にイメージしていたものだったけど、ハサミは少しも私の心の中になかったものだったから、そこは不思議に思ってて……」

エミールににじり寄り、七音美は蒼《あお》ざめた顔で訴えた。

「あれは幻覚なんかじゃなかった。パリの事件の犯人だった……。きっと、あれは帰ってきた『オルレアンの魔女』だったんです！」

「……マダム・アモウ、今なんて言いました？　オルレアンの魔女——今、あなたはたしかにそう言いましたね？」

七音美は大きく頷く。

「昨夜、レジーヌの部屋に『オルレアンから消えた魔女が戻った』——って、映画のチラシを切り貼りした手紙が落ちていて……」

「なんですって——？」

これは、のんびり観光をしている場合ではなかったかもしれない——。

自分の顔から血の気が引いていくのがエミールにははっきりと判る。

この瞬間、どう行動するのが自分にとっての最適解か——エミールは咄嗟《とっさ》に考えつつ、島に目を遣り、クルーザーの大まかな現在位置を確認した。

島の中央、監獄要塞の断崖は既にはるか遠く、船は島の東端のすぐ手前、外洋側に向けて方向転換する直前の位置にまで進んでいる。ここでサント＝マルグリット島に船を戻してもらうのと、このままサントノラ島に向かうのとではそれほど時間は変わらないだろう。

サント＝マルグリット島に戻るか？……いや、その方面は地元警察に至急連絡、船着き場の検問、不審者捜索を依頼するのがきっと正しい手続きだろう。自分たちがパリからカンヌにやって来た理由はあくまでもレジーヌ・ブラパンの安全確認のため。一刻も早くマダム・ブラパンの元に向かい、ブノワ警視に合流して自分は彼女の身辺の安全を守るべき——それがきっと正解のはずだ。

黙って考え込むエミールの顔を、七音美は不安げに覗き込んだ。

「『オルレアンの魔女』という言葉に、何か意味があるんですか？　あなたの事件にも、何か関係が？」

「……」

ほんの一瞬ためらったものの、エミールは直感的に秘密の保守よりも共有を選んだ。

「パリの事件の被害者の遺留品のメモに、マダム・ブラパンの部屋のアドレスと『オルレアンの魔女』という言葉が書かれていたんです」

「えっ！」

七音美は手にしたグラスを甲板に落とした。

船首で砕ける波のように、ガラス片は勢いよく周囲に飛び散る。

それに構うことなく、七音美はエミールににじり寄った。

「じゃあ、本当は私じゃなくてレジーヌが……。もし行き先を変更せずにサント＝マルグリット島に来ていたら、レジーヌの身が危なかったかもしれない……。ムッシュ・クレール、どうかレジーヌを守ってあげて！」

あまりにも真剣な声と眼差しに気圧《けお》され、エミールは首振り人形のように小刻みに頷いた。

「……もちろんです。至急ブノワ警視に連絡して、マダム・ブラパンの安全を確保してもらいます。カンヌ警察にも連絡して、あなたを襲おうとした犯人の捜索も緊急手配してもらいます。だから、どうか安心してください」

「レジーヌは無事でしょうか……？」

「サント＝マルグリット島とサントノラ島の間には直行の船便はなかったはずです。こうしてプライベートクルーザーでも使わない限り、一度カンヌに戻らなければサントノラ島に移動することはできません。定期便の時間間隔、航行時間から考えても、犯人が我々よりも早く向こうの島に着くことは絶対に不可能です。だから、どうか安心してください」

安堵《あんど》と不安が混ざったような複雑な表情を浮かべ、七音美はエミールに頷いた。

「はい。早く向こうの島に着ければ良いけど……」

船首の方に顔を向け、七音美は「あ……」と小さな声を上げた。

エミールも同じく進行方向に顔を向ける。

監獄島の東の岬沖、面舵《おもかじ》をとった船首の先、小さく、平坦な島影がそこには見えていた。

緑に覆われた外洋の島、その中央には背の高い石造りの尖塔《せんとう》――修道院の人工的な建造物が異様な存在感を放って聳《そび》えている。

サント＝マルグリット島の影に隠れ、カンヌからはその姿が見えなかった孤島。

内陸、映画とリゾートの街と完全に断絶された信仰と静謐《せいひつ》の島――サントノラ島がカンヌの外洋にその姿を現した。

Ⅴ　修道院の島

Ⅰ

「あら？　随分早いご到着ね。この島特製の修道院ワインを、あなたたちも早く飲みたくなったのかしら？」

埠《ふ》頭《とう》脇の小さなビストロ。屋外のテラス席で寛《くつろ》ぐドヴィリエは穏やかな陽光にワイングラスをかざし、機嫌よく七《な》音《お》美《み》たちをサントノラ島に迎えた。

ドヴィリエ、クロイツ、アリアーヌの三人以外、他には一人の客の姿も見えない静かなテラス席。ドヴィリエの向かいでクロイツはラタンの椅子に浅く腰かけ、帽子を顔に載せて昼寝している。アリアーヌは建物脇の日陰のベンチに座って本を読んでいる。

海峡側の島中央、到着した小さな埠頭には数隻の小舟が係留されているだけで他にクルーザーの影もなく、島に漂う空気はのどかという他に言いようがない。

「私の上司とマダム・ブラパンはどちらでしょうか？」

七音美とロランの挨拶よりも早く、エミールは単刀直入にドヴィリエに尋ねた。

ワインを一口飲み、ドヴィリエは冗談めかして答える。

「レジーヌには神に懺悔《ざんげ》しないといけないことが山ほどあるみたい。まだ大修道院の礼拝堂でお祈りをしているわよ。私がここに帰ってくる時には、あの刑事さんは彼女に付き合って修道院の門の前で待ってたわね」

直前まで電話を続けていたロランは七音美とエミールの深刻な様子に気づくことなく、明るくドヴィリエの言葉に同調した。

「たしかに、長い人生、レジーヌには功績だけでなくそれなりの罪業もあるだろうからね。……でも、今日は喪服に身を包んだりして随分念が入っていたけど、一体、どんな罪の許しを神に乞うているんだろう？」

「さあ。……本人に聞いてみれば？」

「さすがに僕にもそれは無理だね」

軽口を返し、ロランは建物から出てきた高齢のギャルソンに「僕らにもグラスと、島のワインをもう一本。料理はあと三人、全員揃《そろ》ってから注文するよ」と声をかける。

「……さて、僕らも座るとしよう。どうやらテラス席は貸し切りのようだから、あと二つ三つ、優雅にテーブルを使わせてもらうとしよう」

　きょろきょろと辺りを見廻《みまわ》し、ロランは七音美のために隣のテーブルの椅子を引いた。

　しかし七音美はレジーヌのことが心配で椅子に座らず、立ったままブドウ畑の向こうの修道院、尖塔《せんとう》の赤茶色の屋根を眺め続けた。

　エミールも一行のテーブルから離れ、修道院の方からこちらに伸びる道を注視している。船の上で、島に到着してから、エミールは何度も上司と連絡を取り合っていた様子なので、きっとここで待機するよう言われているのだろう。

　レジーヌの安全は上司との電話で確認した――とエミールから聞かされてはいたが、それでも七音美は一刻も早くレジーヌの無事な姿が見たかった。

「……何だい君たち？　ワインよりも修道院の方が気になるのかい？　君たちも何か神に許しを乞いたいことでもあるのかな？」

　ロランの冗談にろくに答えることもせず、七音美はエミールの背後から修道院に続く道をじっと見つめ続ける。

「――？」

　七音美とエミールの尋常ではない様子にようやく気づき、ロランとドヴィリエは不思議そうに二人の背中を眺めた。

「あ！　戻って来ましたよ！」

声を上げてエミールは振り返った。

道の先、たしかに車椅子のレジーヌとそれを押すブノワ警視の姿が見える。一安心し、七音美は無言でエミールと頷《うなず》き合った。


「随分と早くこっちの島に来たんだね。監獄島はお気に召さなかったのかい？」

一行の前に車椅子を停《と》めさせ、レジーヌは黒いベール越しに七音美の顔を見上げた。

「いえ、そういう訳ではないんです……。一刻も早く、レジーヌのお顔が見たくって……」

「おや、まぁ！――」朝、喪服に身を包んで姿を現して以来、レジーヌは今日初めての笑顔をベールの下に見せた。

「嬉《うれ》しいことを言ってくれるじゃないか。さすがは私の娘《マ・フィーユ》だ。……どうだい？　良かったらあんたもカンヌに住まないかい？　パリには少し遠いけど、日本に住むよりもその方がオペラの仕事にも便利だろ？」

「ええ、それはたしかにそうですけど……」

ヨーロッパへの移住は考えていなくもなかったが、今はそんなことを話す気にもなれず、七音美は煮え切らない微笑みをレジーヌに返した。

「あの……」

エミールが遠慮がちに声を上げ、人々はそちらに視線を向ける。

確認するように皆の顔を見渡し、エミールは言った。

「イネスさんは、どちらにいらっしゃるんでしょう？」

皆きょろきょろと辺りを見廻す。

ドヴィリエがレジーヌに顔を向けた。

「一緒じゃなかったの？　私てっきり、あなたと一緒だとばかり思ってたんだけど」

レジーヌは首を横に振る。

「礼拝堂で向き合うのは神、そして自分自身の内なる信仰心だけだからね。私はあんたたちと同じくイネスも先にここに戻ってるのかと思ってたよ。私が帰る時、礼拝堂にも、修道院の中庭にも、あの子の姿はなかったからね。……ムッシュ」

振り返って背後のブノワ警視を見上げ、レジーヌは「電話をとっていただけません？」と頼んだ。

車椅子のグリップに下げられた携帯電話を外し、ブノワはレジーヌに手渡す。ボタンを操作し、レジーヌは電話を耳に当てて待ち続ける。

「……出ないね。どうしたんだろう？」

ブノワがちらりとエミールに視線を送った。エミールは足早に上司のそばに近づく。

「私はここでマダムのお供をしているから、お前は彼女を探しに行ってくれ。……マダム、この島で大修道院以外、イネスさんがいそうな場所にお心当たりはありますか？」

「そうだね……。あの子は信心深い子だから、島の西と東の端、それぞれにある小礼拝堂のどちらか……かしらね？」

明るい口調でロランが言葉を挟む。

「大修道院の南の海岸、『修道院要塞』にいる可能性はないかな？」

「その可能性は低いだろうね。昔一度観に行って、あんまり好きな場所じゃないと言っていたから」

ロランは刑事たちと七音美に向き直る。

「クレール刑事が島の東西に走っている間、僕が念のため『修道院要塞』を見てきましょうか？　東西には長いけど、南北には狭い島だから、ここから歩いて十分もかからないことだし。イネスさんが揃わないことにはランチも始められないから、それまでの観光がてら……ナオミも一緒にどうだい？」

「……」

七音美が答えるよりも早くブノワが口を開いた。

「ではムッシュ・ロラン、お願いしても良いでしょうか？　なるべく早く皆さんに揃っていただいて、私も早くランチにありつきたいものでね」

ブノワは冗談めかして笑って見せた。監獄島での一件はエミールから報告されているはずだが、まだ安全なはずのこの島、ブノワは人々に余計な心配を与えたくないのだろう。

ブノワに頷いて見せ、ロランはビストロのテラスを出て歩き出す。

「さぁ、せっかくだからナオミも一緒に」

振り返って言うロランに、七音美は慌てて「はい」と応えて後に続いた。

左手にレランス大修道院の巨大な建物を眺めながら、七音美はロランと並んでブドウ畑の真ん中、島を縦断する道を進んだ。

ロランの話では、今二人が向かっている『修道院要塞』とは嵐や海賊、他国軍の襲撃時に修道士たちが立て籠もるために造られた、岩礁の上に建つ小要塞なのだという。

説明を聞いただけではそれがどんなものなのかよく分からなかったが、修道院の門の前を通って南の海岸に出る道は短く、そこまで進めば左斜め前方の海の上、異様な存在感の立方体、まるで『匣《はこ》』のような建物がすぐに視界に現れた。

「あれが、修道院要塞……ですか？」

「ああ、そうだよ。独特な建物だよね」

独特な建物――たしかにそうだった。

モンサンミッシェルほど大きくもなく、遠く陸から離れてもいないけれど、海岸から少し突き出した岩礁の上に建つ一辺三十メートルほどののっぺりとした石造りの立方体。まるでレゴブロックで造ったかのように単純で、直線的で、窓も随分高い位置に二つ三つ、長方形の小さな穴が開いているだけ。上辺の凸凹の胸壁だけが、辛《かろ》うじて西洋の城らしい雰囲気をかもし出している。

要塞への道を進みながら、ロランは言う。

「監獄島の『監獄要塞』は陸に向かって睨《にら》みを利かすように建てられているけど、その島影に隠れたこの修道院の島、外洋側にぽつんと建てられたこの要塞は、本当に世間と隔絶した神秘的な雰囲気が漂っていて、僕は結構好きなんだよね」

七音美が受け答えする間もなく、二人は海岸線の先、海に突き出した要塞の前に到着した。

見渡す限りの青い空と海、茫洋《ぼうよう》とした背景の前に聳《そび》える石の匣の前に二人は並んで立った。

ほぼ窓のない高い壁を見上げ、七音美はつぶやく。

「中は真っ暗なんでしょうね……」

「いや、それがそういう訳でもないんだ。……建物の中心部分が吹き抜けになっていて、ちゃんと太陽光は取り込める構造になってるんだよ。その吹き抜けをロマネスク様式の回廊が取り囲んでいて、こう見えて、中は意外と凝った造りになっているのさ」

三階ほどの高さにある小さな穴——入口へと続く石段をロランは登って行く。

七音美も後に続く。

外敵の侵入を防ぐための構造なのか、入り口を入ってしばらくは狭い迷路のような薄暗い空間が続いた。しかし、ロランの後をついて行くと唐突に明るく、光に満ちた空間が七音美の目の前に現れた。

エンタシス柱のアーチが並ぶ幾何学的な回廊が数段重なった高い吹き抜け——。

少し先に見えるそこは正午の陽光が真上から降り注ぐ、まるで神聖な大聖堂の中庭のような空間だった。

「うわぁ……。綺麗《きれい》ですね」

薄暗い建物の内部から、七音美は明るい光に吸い寄せられるように吹き抜けの方へと進む。

吹き抜けの中央はそれほど広いスペースという訳でもなさそうだが、柱と柱の間、背の低い仕切りの塀の間に切り開かれた出入口から中庭に出て見上げれば、ロマネスクの回廊のフレームの中、四角く切り取られた美しいカンヌの青空をきっと独り占めできるはずだ——。

「待って、ナオミ！　止まるんだ！」

前を歩くロランが突然声を上げて立ち止まった。

声は回廊に柔らかに反響し、七音美は制止と判らずロランの隣まで進んでしまう。

塀の隙間にちらりと見える中庭の石畳の上。

大量の赤黒い液体がそこに溜まりを作っていた。

確認するようにゆっくりと前に進み、ロランは唐突に額に掌《て》を当てた。

「ああ！　なんてことだ……」

ロランの隣にそっと近寄り、思わず七音美も両掌を口に当てて息を呑《の》んだ。

「——！」

血溜《ちだ》まりの真ん中、ありえない角度に首と手足をねじったイネスが俯《うつぶ》せに倒れていた。

一見、それは吹き抜けの上からの転落事故の遺体のようにも見えた。

しかし、南中した太陽、天然のスポットライトに真上から照らされた遺体には明らかに事故死ではない証《あかし》が突き立っていた。

イネスの背中には銀色の円い二つの輪——ハサミの持ち手が、まるでゼンマイ人形のねじのように深々と突き刺さっていたのだ。

2

ロランからの電話で修道院要塞に急行し、エミールは忸怩《じくじ》たる思いで事件現場を確認した。

パリの薄暗い地下と南仏の太陽の下、きっと結びつくことはないだろうとブノワが言っていた——そしてエミール自身もそう思うようになっていた——二つの場所が、女性殺害、そして、ハサミという切断の道具によって皮肉にも結びつけられてしまったのだ。

何らかの予見をもって、自分たちに事件を防ぐことはできなかっただろうか？

もし『オルレアンの魔女が戻ってきた』という昨夜の手紙について、イネス・ブラパンかレジーヌ・ブラパンが我々に情報を共有してくれていれば……。その情報があれば、当然自分たちの警戒レベルも変わり、警察からの要請としてクルージングを見送るように注意喚起することができたかもしれない。

しかし、パリと修道院要塞での殺人事件、監獄要塞での襲撃未遂事件、全てにハサミという凶器が共通するのは、一体どういうことなのか？

そして『オルレアンの魔女』とは、一体……。

島内の訪問客の安全確保と事情聴取のため、ブノワが集合場所に定めた修道院内の大礼拝堂にロランと七音美を向かわせ、エミールはカンヌ警察が到着するまで現場保全のため修道院要塞に一人残った。

その間、遺体周辺と要塞内部を一通り確認したものの、視認できる遺体の状況以外、新たな遺留品などを特に発見することはできなかった。

しばらくして到着したカンヌ警察に現場を引き継ぎ、エミールはブノワとブラパン一行、その他の観光客たちが集合する修道院の大礼拝堂へと向かった。

*

「ご苦労。現場はどんな様子だった？」

修道院内の大礼拝堂前。中庭に面した回廊でエミールはブノワと合流した。

「私の見る限り、イネス・ブラパンは修道院要塞の吹き抜けの、恐らく最上階から転落、その後、背中にハサミを刺されたものと思われます」

「刺してから突き落としたのではなく？」

「はい。上階に血痕はなく、ハサミは昆虫標本のピンのように狂いなく垂直に刺さっていました。……転落後に刺さなければ、あそこまでまっすぐに突き立つ可能性は低いと思います」

「まだ息があったからハサミでとどめを？」

エミールは静かに首を横に振る。

「頸椎《けいつい》があり得ない角度に折れ曲がり、間違いなく即死――それは誰が見ても明らかな遺体の状態でした。そこにあえてハサミを突き立てるというのは、犯人の猟奇的な嗜好《しこう》なのか、あるいは何らかのメッセージなのか……」

暗い沈黙を挟み、エミールはブノワに尋ねた。

「こちらの状況はいかがですか？」

「ああ――」

ブノワは背後、両開きに開かれた礼拝堂の扉に視線を向けた。エミールは数歩進み、そっと中を覗《のぞ》き見る。

簡素な石造りの広い礼拝堂、整然と並んだベンチに点々と座るブラパン一行とその他の来訪客たち――総勢三十人ほどの後頭部が入口からは見える。そしてベンチの間の中央通路の突き当り、車椅子のレジーヌは祭壇の十字架に向かって祈るように項垂《うなだ》れている。真っ黒な喪服に身を包んだその姿は、まるであらかじめ葬儀への参列を準備していたかのようだ……。

背後のブノワがエミールに語りかける。

「ブラパン一行以外の来訪客はレストラン協会の研修旅行、パリ、オルレアン、コンピエーニュ、三都市から集まったレストラン経営者やソムリエたち。事件の時間帯はそれぞれ修道士の案内でブドウ畑の見学をしていたらしい。ブラパン一行は思い思いにここで祈りを済ませた後、修道院の中庭や訪問客が見学可能なエリアを廻り、それぞれ個々にあのビストロへ向かったということだ」

「じゃあ、研修旅行の客たちは全員アリバイあり。ブラパン一行は全員アリバイなし――という感じでしょうか?」

「いや、一概にそうとも言えん。ブドウ畑の説明は三班に分かれ、どのグループに属してもＯＫ、途中で他に移動してもＯＫだったというから、他人に気づかれず一時集団を離れることは絶対に不可能という訳でもなかった。……それぞれの証言を、カンヌの担当者が別室でパズルのように組み合わせて検証中だ」

「ブラパン一行の聴取の方はいかがですか?」

「ああ、ドヴィリエとクロイツの聴取は済ませたが、さっき言ったようにそれぞれ見学を終えてビストロに向かったというだけで、特にアリバイを裏づける証人や証言は今のところ出ていない。レジーヌの聴取はできていないが、彼女はここに到着してから最後に一人外に出てくるまで、今のようにずっと祈り続けていた――それは複数の修道士が証言している。アリアーヌの聴取はこれからだが……」

　ブノワが言いかけたその時、祭壇前のレジーヌが片手をそっと横に伸ばした。

　最前列のベンチに座っていたアリアーヌが足早にレジーヌに近づき、車椅子の肘掛に手をついてその脇に屈んだ。レジーヌの口元、ベール近くに耳を近づけ、アリアーヌはしばらくして立ち上がって中央通路をこちらに向かって歩いてきた。

　礼拝堂の敷居を挟んでエミールたちに対面し、アリアーヌは言った。

「刑事さん、母がイネスに会いたいと言っています」

　エミールはブノワの顔をちらりと見る。

　ブノワは答えた。

「申し訳ありませんが、今はそのご希望に応えることはできません。後ほど、病院の安置所にご案内はできると思いますが……」

「……」

　しばらく黙ってブノワの顔を見つめ、アリアーヌはこくりと頷いた。

「判りました。それはそれで結構です。ただ、高齢の母はあまりのショックに少し参ってしまっています。本来ならもうとっくに部屋に帰っているはずの時間なので、夕方に飲まなければならない薬も用意してきていません。そろそろ部屋に帰してあげて欲しいです」

「……判りました。それは私からカンヌ警察に掛け合いましょう。彼らもそろそろ修道士たちへの聴取を終える頃合いでしょう。あなたへの聴取を我々二人で済ませれば、皆さんをここにお引き留めする理由はもうありません。……それで構わないか確認してきますので、そちらのベンチで少しお待ちになってください」


回廊のベンチ、灰色の壁を背に中庭に向かって座るアリアーヌの目の前、聴取のために向かい合わせに移動させたベンチにエミールとブノワは座った。

「早速ですがお伺いします。この修道院に到着してから浜のビストロに戻るまでの間、あなたの行動を詳しくお聞かせください」

尋ねるブノワに、アリアーヌは淡々と答える。

「修道院に到着して、母の車椅子を押す私は他の皆さんと一緒に大礼拝堂に入りました。『皆で揃って神に祈りを捧げる教区の教会と違って、修道院の教会は一人一人が黙って神と向き合う所。皆それぞれ思い思いの時間を過ごした後、浜のビストロで再会してランチにしよう』――そう母が言うので、私たちはバラバラにベンチに座り、それぞれ祈りを捧げました」

「皆さんにも確認させてもらいましたが、それぞれお座りになった位置関係をお教えください」

「母は車椅子のまま、今と同じく通路の中央、祭壇の正面に。私もさっきと同じ、最前列右手のベンチに。ドヴィリエさんとクロイツさんは左右の列に別れてそれぞれ中ほどの位置。イネスは左の列の後ろの方に随分離れて座っていたように思います。そして刑事さんは最後列、ほんの一瞬だけ座ってお祈りなさっていましたね」

黙って頷き、ブノワは質問を続ける。

「あなたはどれぐらいの時間お祈りされていましたか？」

「五分以上、十分未満程度です」

「お祈りを終えた時、他の皆さんは？」

「母とドヴィリエさん、クロイツさんは、それぞれまだ祈っていました。イネスはもう姿を消していました。あの人はああ見えて、それほど信心深い人ではありませんでしたから」

「それからあなたはどうなさいましたか？」

「中庭に出てお花を見て、少し散歩をして、それから回廊のベンチに座って母の本を読んでいました」

今いる礼拝堂前の回廊と垂直に交わる回廊、礼拝堂の入口と修道院の正面玄関を一直線に結ぶ長い回廊にアリアーヌは目を向けた。エミールは中庭越しにその視線を追い、アリアーヌが示すベンチを確認する。それは回廊の中ほどにあるベンチだった。

エミールは問うた。

「それを証明できるような出来事はありますか？　誰かを見たとか、あるいは誰かに見られたとか」

「それは、こちらの刑事さんが――」

「ブノワ警視ですか？」

　エミールの確認の眼差しに、隣のブノワは頷いて応える。

「礼拝堂から出て私は正面玄関の外、修道院の敷地外でタバコを喫《の》みながらマダム・ブラパンが出て来るのを待っていた。ずっと見ていた訳ではないが、到着二十分後ぐらいから三十分間ほど、彼女があのベンチで本を読んでいる姿は敷地内を覗く度に確認できた。それはたしかに間違いない」

「そうですか――」その時アリアーヌが座っていたというベンチがある回廊の先、修道院の正面玄関。そして、今自分たちが座るベンチのある回廊の先、海岸側に出る脇玄関。二つの出入口をエミールは見比べる。

「正面玄関の外にはブノワ警視が待機していた。……ということは、修道院の内部から修道院要塞に行くにはあの脇玄関を使わなければなりませんね。私も修道院要塞からこちらに来る時、正面玄関からの迂《う》回《かい》ではなく、最寄りのあの玄関を通って三分足らずで向こうからこちらに移動することができました。被害者のイネスさんも、犯人も……犯人が修道院の中にいた人物だったと仮定すればの話ですが……そのルートを通って修道院要塞に移動したのだと考えるのが合理的です。アリアーヌさんが座っていたベンチからは丁度あの脇玄関を真正面に見ることができます。あそこから誰かが出入りするのを、あなたは目撃なさいませんでしたか？」

「さぁ……。本を読んでいたので……」

「そうですか……。何か、他にお気づきになったことはありませんか？」

しばらく記憶を辿《たど》るように宙を見つめ、そしてアリアーヌは首を横に振った。

エミールはブノワの反応を確認した。ブノワに口を開く気配はない。

エミールは質問を続けた。

「今日に限らず、最近、何か変わったことはありませんでしたか？　例えば昨晩とか？」

「昨晩ですか？　さぁ……。特には」

「脅迫状めいた手紙がマダムの元に届いたとか」

「ああ、あの切り貼りの……。あんなの、誰かの悪戯《いたずら》だとばかり思ってましたけど……」

「『オルレアンの魔女が戻ってきた』とは、一体どういう意味なんでしょう？」

「知りません――」アリアーヌはわずかに語調を強めた。

そして不貞腐《ふてくさ》れるように語尾をすぼめた。

「そんなの……私に聞かれても……」

レジーヌとその車椅子を押すアリアーヌ、ロラン、ドゥヴィリエ、クロイツ、そして七音美。

一行が修道院からクルーザーへと向かう頃、日差しは更に弱まり、時間はもう午後四時を回る頃になっていた。

口をきく者もなく、静かにブドウ畑の間の道を歩く一行。

エミールとブノワは少し離れて背後を歩く。

「カンヌ警察の島内捜索、この島でも、向こうの島でも不審者は見つからなかったそうだ。……まぁ、向こうの島では事件発生から捜索を始めるまでの間、定期観光船が既に二便島を出た後だったというから、襲撃犯は逃亡した後だったのかもしれんが……」

言葉を区切り、ブノワは続けた。

「しかし、ほぼ同時刻に発生したアモウ・ナオミ襲撃未遂事件とイネス・ブラパン殺害事件、監獄島の犯人が定期船で急いでカンヌに戻ることができたとしても、修道院の島への定期船はその間一便もカンヌを出航していない。プライベートクルーザーの類も、その間この島には一《いっ》艘《そう》も接岸していない。つまり、時間的にも手段的にも、同一犯の犯行とは考えにくい状況だ」

「ブラパン一行の到着から今に至るまで、ここは孤島の密室だった……」

つぶやくエミールの隣、ブノワは続ける。

「ただ、気になるのはゴールドスタインとレベッカだ。監獄島を出た後の二人の行方が判っていない。携帯電話も電源が切れていてつながらない。あの二人、お前たちと別れて本当にすぐにカンヌに帰ったんだろうか？」

「到着した埠頭で別れたきり、帰りの船に乗るところまでは見ていませんから、絶対に帰ったとは断言できませんが……」

「どちらかがアモウ・ナオミを襲撃し、どちらかがイネス・ブラパンを殺害する――二手に分かれれば犯行は可能だ。しかし、二人とも同じ島にいたんじゃな……」

忌々しげにつぶやき、ブノワは前を歩く七音美の後ろ姿を見つめながら言った。

「俺はマダム・ブラパンたちと一緒にクルーザーでカンヌに戻り、地元警察と連携して彼女の警護体制を整える。お前にはもう一度、あのお嬢さんと一緒に警察艇でサント＝マルグリット島に寄り道をしてもらいたい」

「アモウ・ナオミさんとですか？」

「ああ――」ブノワは頷き、埠頭目前まで進んだ一行と、埠頭に接岸するクルーザー、そして警察の高速艇を遠目に眺めた。

「襲撃未遂事件の実地を検証し、彼女の証言をとって来てくれ。犯人はどんな体型だったのか？　本当に女だったのか？　男の可能性はないのか？　あるいは……」

クルーザーの前に立ち止まる一行に近づきながら、ブノワは声を小さくして言った。

「そのジャンヌ・ダルクの格好をした女鉄仮面というのが、彼女の見た幻、あるいは狂言である可能性はないかどうか――」

*

神秘の島から現実に戻るのを阻むようなサント＝マルグリット島を西から迂回し、エミールと七音美を乗せた高速艇は再び監獄島に到着した。三色旗はためく小埠頭ではなく、要塞の入口に近い定期船の埠頭に着けた船から、エミールは七音美を伴って再び監獄要塞、海洋博物館の館内へと入った。

夕暮れ間近、観光客が誰一人いなくなった要塞の博物館。暗闇へと降りていく地下への階段はエミールでさえ不気味に感じる。現場検証に素直に同行してくれたものの、七音美は階段の前でにわかに歩みを止めてしまった。

「……大丈夫ですよ。館内も、島内全域も、既にカンヌ警察が捜索して安全を確認済みです。それに、いざという時のため、私たち刑事はちゃんと武器も携帯しています」

ガンホルスターを隠す左胸を、エミールは強調するように叩《たた》いてみせる。

「本当に、誰もいません？」

「ええ。それは間違いなく確認済みだと、さっき入口に立っていた警官から申し送りを受けました。……さぁ、簡単に確認を済ませて、早く街に戻りましょう」

「……」

緊張した表情のまま無言で頷き、七音美はエミールに続いて地下への階段を下りた。

「たしかに上の階と違って、地下牢《ちかろう》をそのまま流用したフロア……って感じですね」

薄暗い照明、地下の石組み剝《む》き出しの壁、元監房らしき部屋が並んだ狭い廊下――パリの事件現場のような不潔感や不快な湿度はないものの、拷問や刑の執行、残酷な行為が実際に行われていたと思われる場所に共通する独特の暗さ、空気の重さをエミールは感じた。

「私がその襲撃犯の役を勤めます。お嫌だとは思いますが、その時の位置関係や行動を再現していただければと思います、マダム・アモウ」

エミールの言葉に重々しく頷き、七音美は廊下を少し先まで進んで立ち止まる。

エミールに背中を向けたまま、七音美は言った。

「レストルームに行こうとこのあたりまで進んだ時、ジャキン――って、小さな金属音が背後で響いたんです。それで、振り返ったら……」と七音美はエミールの方に体を向ける。

「廊下に女の人が立っていたんです」

「どのあたりにですか？」

「今あなたが立っているよりも遠く……。そうです、そのあたりだったと思います」

後ずさりするエミールは七音美の言葉に従って歩みを止める。思っていたよりも大きく後退し、下りてきた階段のすぐ近く、それは独房のような小さな展示室の前のあたりだった。

「結構遠かったんですね。元から地下にいたんでしょうか？　それともあなたの後をつけて上から下りてきたんでしょうか？」

「さぁ……。音に気づいて振り返ったので、それはちょっと判らないです」

「背格好はどんな感じでしたか？」

「あなたよりも少し背が低くて、線が細くて……体型的には恐らく女性でした」

「それはミス・レベッカの体型に似ていましたか？」

「いいえ。彼女ほど小柄じゃなくて、どちらかというと背の高い……そう、ファッションモデルか女優のような体型でした」

「今回ご一緒した方の中で、一番体型が近いのはどなたになりますか？　あくまでもイメージの参考としての話ですが」

「うーん……」

七音美はしばし考え、自信なさげに答えた。

「皆さんの中で一番近いのは、すらりとしたドヴィリエさんでしょうか……」

「判りました、ありがとうございます」

「でも、ドヴィリエさんは、絶対にあんなことは……」

不安そうに言う七音美をエミールは宥《なだ》める。

「大丈夫です。彼女はその時確実に修道院の島にいたはずですから嫌疑がかかることはあり得ません。安心してください」

話を切り替えるように一息つき、エミールは続けた。

「……そして、その人物が、ジャンヌ・ダルクのような白いドレスを着て、女の顔の鉄仮面を被っていた訳ですね」

エミールはその姿を思い浮かべようとしてみるが、いまいち上手くイメージできない。

腕を組んで考え込むエミールに、七音美は廊下の向こうから声をかけた。

「私、先月東京で『カルメル会修道女たちの対話』ってオペラに出演したんですけど、その時の衣裳に似ていて――」

スマートフォンを取り出して操作しながら、七音美はエミールの方へと近づいてくる。

目の前でしばらく画面を操作し、七音美は表示させた写真をエミールに見せた。

「これが、その時の写真です。フランス革命で、ギロチンで首を落とされる修道女が最後の場面で身に着ける衣裳です」

画面を見ると、そこには髪を短く刈った——恐らくかつらの——七音美がシンプルな白いドレスを着た姿で立っていた。それは絵やドラマの中、囚《とら》われたジャンヌ・ダルクが着ているのをエミールも見たことがある中世風のドレスだった。

「なるほど。たしかに火刑台のジャンヌ・ダルクはよくこんな姿で描かれますね。男の私にはよく分からないんですが……シンプルなフォルムだから着替えも簡単なんでしょうか？」

「はい。とても簡単です」

「じゃあ、犯人は咄嗟《とっさ》に変装してあなたを襲うことも可能だった訳ですね……。ありがとうございます、ドレスのことは判りました。もう一つ、鉄仮面の方なんですが、その女が被っていた仮面というのは、一体どんな仮面だったんでしょう？」

「それは……」

しばし考え込み、七音美は重々しく口を開いた。

「この要塞の囚人、『鉄仮面』のような頭から被るタイプの仮面じゃなくて、顔の前に着けるタイプの……無表情な女の顔の仮面でした」

「あなたの国の『能面』のような？」

「そうです。能面の方がずっと表情があるってぐらい、無表情で不気味な顔でしたけど……」

「それが鉄の仮面だと、何故あなたは判ったんでしょう？」

「それは――」記憶を辿るように、七音美はじっと宙を見つめる。

「薄暗い中、不気味に黒光りしていて……。でも、そう見えただけで、本当は鉄じゃなかったかもしれません。それはよく判りません」

弱々しく答えた後、七音美は「あっ」と小さく声を上げた。

掌を口に当て、七音美は両眼を見開いてエミールを見つめた。

「あの顔……。思い出しました。……あれはレジーヌの部屋で見たレプリカの像。オルレアンの騎馬像の……ジャンヌ・ダルクの顔です」

「ジャンヌ・ダルクの顔？」

思わず繰り返し、エミールは眉をひそめた。

先月のオペラの衣裳、監獄要塞の鉄仮面、そして今度演じるジャンヌ・ダルクの顔……全ては彼女自身に関係するイメージの連鎖だ。これはブノワ警視も考えていたように、繊細な芸術家が『見た』と思い込んだ、豊かなイマジネーションの産物だという可能性はないだろうか――？

七音美の瞳をじっと見つめ返し、エミールは問う。

「マダム・アモウ、一つ確認したいことがあります」

「……はい、なんでしょうか」

「あなたがここで見たというその女は、たしかにここに存在していましたか？」

「それは……」

七音美はエミールの質問の意図を理解したようだった。

自問自答するようにじっと黙り込み、七音美は弱々しく答えた。

「あの時はたしかに、生身の人間だと思いました。けど今になって考えてみれば、もしかすると、それはそうじゃなかったのかもしれません。この地下の薄気味悪さ、直前に聞いたジャンヌ・ダルクの残酷な死のイメージ……それらが見せた、あれは幻だったのかしれません」

今にも泣き出しそうな微笑みを浮かべ、七音美はエミールの顔を見上げた。

「ここで見たあの仮面の女も、修道院の島で見たイネスさんの遺体も、何もかもが私の見た幻だったら……。私にとって、それはどんなに幸せなことでしょう」

＊

オレンジ色に染まる空の下、監獄島からカンヌに戻ったエミールと七音美はハーバーのすぐ近くにあるカンヌ警察署に向かった。

襲撃事件の検証報告と被害届の処理を地元の担当官と共に終え、エミールは署内の廊下でブノワと合流した。ブノワもこの署内で捜査本部の会議に出席し、共同捜査の方針などを打ち合せていたという。当然ながら殺人事件の捜査はカンヌ警察が担当し、ブノワとエミールはレジーヌ・ブラパン周辺の警備補助、およびパリの事件との関連性の調査を引き続き分担することを確認し合った――ブノワは会議の内容を手短にエミールに伝えた。

そばのベンチに心配そうに座る七音美に配慮して、エミールは七音美にも聞こえるよう少し声を大きくブノワに尋ねた。

「カンヌに戻ってから、マダム・ブラパンのご様子はいかがですか?」

「どうしても娘の遺体に会いたいと言ってな、署長と顔見知りだというドヴィリエと一緒に談判して、検死前面会が特例的に許可された。署員の同行で二人してカンヌ総合病院に向かい、今はそのまま護衛つきでホテルに戻っている」

「他の皆さんは?」

「それぞれ自分の部屋だ。何かの時に連絡がつくようにだけ気をつけてもらっている」

「ゴールドスタインたちと連絡はついたんでしょうか?」

「いや、携帯電話の電源はあれからずっと切られたままだ」

首を振るブノワの脇、ベンチの七音美は「え？」と顔を上げた。

七音美の反応に、ブノワとエミールはベンチに視線を向ける。

「どうしました？　何か気になることでも？」

ブノワに問われ、七音美はどう話せば良いのか……と悩むような素振りを見せる。

ブノワは重ねて問うた。

「どんなことでも結構です。何か気にかかることがあればお話しいただけると助かります」

「……」

じっとエミールの目を見つめ、七音美は言った。

「監獄島に向かう船の上で、ゴールドスタインさんが『自分はある女の秘密を握っている、それが儲《もう》け話になるかもしれない』って、ムッシュ・ロランに自慢げに話していて……」

「ある女……？　それは一体誰のことなんでしょう？」

「さぁ……。それは判りません。でも……」

「でも？」

「……そう言った後、彼はドヴィリエさんが一人きりでいるルーフに上がって行きました」

エミールはブノワと顔を見合わせる。

困惑したように、七音美は早口で二人の無言の会話に割って入る。

「彼はルーフに上がる前、『返り討ちにあったら骨を拾ってくれ』なんてムッシュ・ロランに言ってました。でも、軽口っていうか、悪戯っぽい感じで……」

「判りました――」ブノワは頷いた。

「詳しくはドヴィリエさんとロラン氏にお話を伺うことにしましょう。ドヴィリエさんはマダム・ブラパンのお部屋にまだいらっしゃるようだから、お嬢さんをホテルにお送りして、そのままちょっとご挨拶に立ち寄らせてもらうことにしよう。エミール――」

　エミールに顔を向け、ブノワは言った。

「ホテル・ガルニエまで運転を頼む」

　助手席にブノワ、後部座席に七音美を乗せ、エミールは警察署の駐車場から愛車を出発させた。漆黒の闇へと変化したカンヌの空と海の代わり、カジノの電飾、ビーチ沿いのホテルのライトアップが照らすクロワゼット通りを抜け、やや薄暗い郊外、岬の高台に建つホテル・ガルニエにエミールたちは到着した。

　案内係の不安げな挨拶に出迎えられ、ロビーを抜け、三人乗ったエレベーターの中、七音美は遠慮がちにエミールを見上げた。

「私もマダムの部屋にご一緒して良いでしょうか？　一言、お見舞いが言いたくて……」

エミールの確認の視線を受け、ブノワはこくりと頷く。

「ええ、それはもちろん構いません。ただ、もしマダムから詳しくお話を聞かせてもらうことになった場合は同席をご遠慮願うかもしれません」

「ええ、それはもちろん」

七音美は頷き、エレベータは四階に到着した。

ドアの前に待機する警護の警察官に挨拶し、ブノワがノックしたドアから顔を覗かせたのは少し疲れた様子のドヴィリエだった。

「あら、刑事さんたち。彼女は今、奥の部屋で眠ってるわよ?」

ブノワは丁重に応える。

「そうですか。付き添いご苦労さまです。……少し、入れていただいても構いませんか?」

「それは構わないけど……。あら、ナオミも一緒なの。よく来てくれたわね。どうかあなたも彼女を慰めてあげて頂戴」

エミールたちの背後に隠れていた七音美に気づき、ドヴィリエは心を許したように大きくドアを開いた。

室内、エミールたちの前を進みながらドヴィリエは語る。

「あの人はどんなことでも自分の目でたしかめるまでは信じない人だから、病院でイネスの遺体を見てようやく彼女の死を実感したみたいで……。それからの落ち込みようといったら、もう、見ているこっちが辛《つら》いほどよ」

「あなたは親切な方なんですな」

「もう随分長い付き合いになりますからね。どうぞ――」

入り口近くの応接セットをドヴィリエは客たちに勧めた。

七音美は応接セットではなく部屋中央の飾り台――小さな騎馬像の方へと吸い寄せられるように歩みを進める。エミールも後に続いて七音美の背後に立つ。

七音美は像の顔を無言で覗き込んでいる。

エミールは尋ねた。

「やはり、仮面の顔はそのジャンヌの顔でしたか？」

しばらく黙り、「はい。やっぱり間違いありません」と七音美は小さく答えた。

エミールは台座のプレートを確認する。そこには『マルトロワ広場のジャンヌ・ダルク　親愛なるレジーヌへ　オルレアンの娘たちより』と刻まれている。

「あなたたちも座ったら？　ルームサービスでコーヒーか紅茶でも頼みましょう。それとも気晴らしにお酒の方が良いかしら？　日本ではお葬式の夜に皆でお酒を飲むんでしょ？」

ドヴィリエに声をかけられ、七音美は振り返って控えめな笑みを浮かべる。

「ありがとうございます。日本のお通夜、よくご存じですね」

「クロサワの『生きる』で観たのよ。あれはとても良い映画ね。……刑事さんたちも、今日は思いがけない仕事が入ってくたびれたでしょ？　さぁ、座って頂戴」

「恐れ入ります」

ドヴィリエに謝意を述べるエミールの隣、七音美は遠慮がちに言う。

「あの……。私、もし良ければレジーヌにご挨拶を。もうお休みだったら、お顔を拝見するだけでも……」

少し思案し、ドヴィリエは頷く。

「そうね。じゃあ皆さん、奥の部屋に行きます？　男性もご一緒なら、私がまず様子を見てくるけれど」

一同の顔を見渡すドヴィリエに、ブノワはソファーに腰を下ろしながら答えた。

「いえ、我々は後ほどマダムにご挨拶をさせていただきましょう。お嬢さんが隣の部屋に行っている間、少しお話をお聞かせ願えませんか？　マダム・ドヴィリエ」

「私に？　話を？」

「ええ、私は昔からあなたのファンなんです」

「まぁ――」呆《あき》れたという風に笑い、ドヴィリエはブノワの向かいのソファーに腰を下ろした。

「構いませんよ。……こんな陰鬱な夜には、下らない昔話ぐらいが丁度良いわね」

ブノワの目配せを待つまでもなく、エミールは応接セットに進んでブノワの隣に腰を下ろす。

「じゃあ、私はレジーヌのそばに……」

軽く会釈し、七音美は隣の部屋のドアへと進んで行った。


「さて、何のお話をしましょうか？　デビュー作の話？　共演した名優たちの話？　……それとも、もしかしたら今から尋問でも始まるのかしら？」

言いながらドヴィリエは煙草に火を点《つ》けた。

愛想良くブノワは応える。

「いえね、私は昔から考えていたんですよ。真相を見抜くことが仕事の我々と、演技することが仕事の俳優……特に貴女クラスの超一流の女優が尋問で向かい合った場合、一体、どちらに軍配が上がるのか？」

「あら、じゃあやっぱり今から尋問が始まるの？」

顔を斜にして煙を吐き、ドヴィリエはブノワに微笑む。

「いえ、尋問なんて大層なものじゃありません。一つ二つ、あなたに思い出していただきたいことがあるんです」

「嫌な下積み時代のことなら、ほとんど忘れちゃったわよ」

「いえ、そんな昔の話じゃありません。昨日、今日の話です」

「あら。やっぱり尋問じゃない」

つまらなそうに言い、ドヴィリエは灰皿に煙草を押しつけた。

ブノワは淡々と続けた。

「島では色々お話を聞かせていただきましたが、あれから、何か他に思い出されたことはありませんか？」

「いいえ。特には何も」

「昨晩、こちらの部屋でお寛《くつろ》ぎの時、何か変わったことはありませんでしたか？」

「昨晩、この部屋で？――」広々としたメインリビングを見渡し、ドヴィリエは言った。

「レジーヌが急に機嫌を損ねてカクテルタイムがお開きになったけど、それぐらいかしら」

「どうして機嫌を損ねられたんでしょう？」

「急に機嫌を損ねたり、上機嫌になったり、怒り出したり、笑い出したり……そんなの彼女にとってはいつものことだから。理由なんて特にないんじゃないかしら」

「何か、匿名の手紙が落ちていたそうですね」

「ああ――」ドヴィリエはつまらなそうに答える。

「たしかに、映画のチラシで宛名が切り貼りされた手紙がジャンヌの像の下に落ちていて、それを読んだのが不機嫌のきっかけだったわね」

「そこにはなんて書いてあったんでしょう？」

　機嫌を損ねたように、ドヴィリエは無表情に言う。

「他人《ひと》の手紙を覗き見するような趣味は私にはありません」

「その内容を、あなたは全く知らない？」

「ええ。もちろん」

「宛名は単に『奥様へ』となっていたそうですね。それは本当にマダム・ブラパンに宛てられた手紙だったんでしょうか？　それがあなた宛ての手紙だった可能性はないでしょうか？」

「どういう意味でしょう？　ご質問の意味が判りません」

「その手紙にはこう書かれていたそうです。――『オルレアンから消えた魔女が帰ってきた』」

「……」

　ドヴィリエは沈黙し、そして、テーブルの上に置いたシガレットケースに手を伸ばした。

　エミールの経験上、それは秘密をもつ人物が動揺を隠す時によく見せる類《たぐい》の仕草だった。目の前の大女優は映画の中以外、現実では意外と正直で芝居ができない性格なのだろうか？

　ブノワは質問を続けた。

「よく考えてください。それはマダム・ブラパンへの脅迫だったのか？　それともあなたへの脅迫だったのか？　今日、監獄島に向かう船であなたは強請《ゆす》られはしませんでしたか？　……同行したゴールドスタイン氏から」

驚いたように顔を上げ、ドヴィリエはじっとブノワの目を見据えた。

ドヴィリエは声を震わせて言った。

「それが何だと言うんです？　事件にも、あなたたちにも、それは何の関係もないことです」

「関係ないかどうかは、是非我々に判断させていただきたいものですな。マダム」

頭に血が上ったように、ドヴィリエは勢いよく立ち上がった。

「関係ないと言ったら関係ないんです！」

まるで映画のワンシーンのように、感情を爆発させたドヴィリエはエミールたちを悪鬼のような形相で見下した。

3

ベッドサイドのランプだけがぼんやりとあたりを照らし、薄暗く、しんと静まり返ったレジーヌの居室。そっとベッドに近づく七音美の気配に気づいたのか、あるいは独り言か、ベッドの中からレジーヌの弱々しい声が聞こえた。

「……アリアーヌ。私の身内は、もうお前一人になってしまった。どうか、どこにも行かないでおくれ……」

ベッドの脇、ランプが照らす範囲に入り、七音美は横たわるレジーヌを見下ろす。

広いベッドの大きな枕に胸から上を埋め、白い綿のパジャマを着たレジーヌは苦悶の表情を浮かべて天井を見つめていた。

「レジーヌ。私です」

神妙に言う七音美に、レジーヌはちらりと視線を向けた。

「……ああ、アリアーヌじゃなかったのかい。あの子はどこにいるんだい？」

「さあ……。隣のお部屋にもいませんでしたけど……。島から帰ってから、ご一緒じゃなかったんですか？」

「ああ。繊細なあの子はイネスの遺体に会うのが怖いと言ってね……。先に帰っていたはずなんだけど、一体どこに行ったのか……」

一旦目を閉じ、レジーヌは肘で押すようにして上身を起こした。レジーヌが楽な姿勢を作れるよう、七音美は枕を斜めに立てるのを手伝う。

「ありがとう、ナオミ。……お見舞いに来てくれたのかい？」

「はい。とてもお辛いだろうなと思って……。この度は、なんて申し上げたら良いのか……」

「この歳《とし》になって、まさか自分より先に娘が死んでしまうなんてね……。あの子とは随分長い付き合いだったんだよ」

　悲しげに言い、レジーヌは項垂れた。昨日の日中、初めてこの部屋で面会した時の堂々としたレジーヌとはまるで別人、か弱い一人の老婆の姿がそこにはあった。

「……」

　なんと声をかければ良いのか戸惑い、七音美は黙り込んでしまう。

　その時だった。


　カチカチカチカチカチカチカチ——


　金属同士を細かに叩き合わせるような、乾いた、小さな音が突然部屋に響き出した。

　七音美はハッとしてあたりを見渡す。どうやら七音美がいるのと逆側、窓とベッドの間の薄闇でその音は鳴っているようだ。

　音が聞こえていないのか、あるいは慣れた音なのか、レジーヌは気にするそぶりも見せず背中を丸めて項垂れたままだ。

七音美は目を凝らして見る。ベッドの向こうに置かれた車椅子、ハンドルの辺りに小さな光が明滅している。それはどうやら、ハンドルにかけられた携帯電話の着信のバイブレーションが車椅子と接触して立てている音のようだった。

「……レジーヌ、電話が鳴っているようですけど」

七音美の言葉に、レジーヌは項垂れたまま首を横に振る。

「今はとても電話なんかに出る気分じゃないよ」

「でも、アリアーヌさんからの連絡かも……」

「じゃあ、代わりに出ておくれ」

「判りました……」

ベッドの足元を迂回して、七音美は暗い窓際、車椅子の脇へと進む。

随分待たせたのに鳴り続けている電話。ストラップをハンドルから外して液晶を見ると、そこには公衆電話からの着信を示す文字が表示されていた。

通話ボタンを押し、七海は電話を耳に当てた。

「もしもし、お待たせしました」

〈……〉

スピーカーからは微《かす》かなノイズのほか、何も音が聞こえない。

「もしもし？　どちら様ですか？」

〈――それはこっちのセリフだよ。あんた、誰だい？〉

異様な声に七音美は驚く。

それはガラガラにしわがれた、気味の悪い、オペラに登場する魔女のような声だった。

気を張って七音美は応えた。

「私はアモウ・ナオミと言います。マダム・ブラパンのお加減が良くないので、代わりに電話に出ています」

〈――おや、まあ《ウー・ラ・ラ》。レジーは加減が良くないのかい。都合が悪くなると体調を崩すのは、昔のまんまだね。相変わらず悪い娘だ〉

「……」

饒舌《じょうぜつ》に喋《しゃべ》る不気味な声に、七音美は黙って耳を傾け続ける。

〈――ところであんた、監獄要塞の地下で会った黒い髪の女の子だね。今日は意味もなく脅かして悪かったわね。今度会った時は、ちゃんと可愛がってあげるからね。ヒヒヒヒヒ〉

「――！」

薄闇の中、七音美は目を見開いた。この電話の先にいるのは――。

〈――そうさ。私だよ。お嬢ちゃん、レジーに伝えておくれ。オルレアンの魔女が、あんたに会いに帰って来たってね。悪戯っ子のレジーにお仕置きをしに、私は時空を超えて還って来たのさ〉

〈ヒヒヒヒヒ――〉不気味に笑い、声は続けた。

〈――私がどうして魔女になったのか、その理由をとっておきのイリュジオンであの子に見せてあげようと思ったんだけどね、具合が悪いんじゃ仕方ない。……せっかくだからあんたに代わりに見てもらおう。今いるのはレジーの部屋だろ？　そこから窓の外は見えるね？〉

七音美は窓の方に顔を向ける。

レースのカーテンは閉じられているが、その向こうには暗い空と海、そしてライトアップされた監獄要塞の白い断崖がぼんやりと見えている。

〈――今日、あんたたちが監獄島に到着した埠頭を望遠鏡で見てごらん。急いで見れば、私の正体が判るかもしれないよ。グズグズしていたら一瞬でショーは終わってしまうからね。さぁ、急ぐんだよ！　三色旗はもう下ろされているけれど、あまりの感動に、あんたも思わず『フランス万歳《ビーヴ・ラ・フランス》！』『乙女万歳《ビーヴ・ラ・ピュセル》！』と叫んでしまうこと請け合いさ。ヒヒヒヒヒヒ……〉

不気味な笑い声の余韻を残して電話は切れた。

急に体が震え出し、七音美はカーペットの上に携帯電話を落とす。

震えを抑えるように自らの体を両腕で抱きしめ、七音美は咄嗟にレジーヌに顔を向けた。

電話の相手にも、電話の内容にも関心がないように、レジーヌは斜めにした枕に身を沈め、目を閉じて天を仰いでいる。

今、レジーヌに電話の内容を伝えても仕方がない。隣の部屋の刑事さんたちに報告を……七音美は隣の部屋へのドアを見遣った。しかし、不気味な声は言っていた。「急いで見れば自分の正体が判るかもしれない。グズグズしていたら一瞬でショーは終わってしまう」——と。

七音美は意を決して窓際の端、大きな望遠鏡に駆け寄った。レンズ前のカーテンを開き、監獄島の方向にあたりをつけ、七音美は接眼レンズに目を当てた。

漆黒の夜の帳《とばり》……奈落の穴のような黒い海……ライトアップされた断崖とその上の城壁……高倍率のレンズはほんの少しの動きで、まるでワープするかのように円く切り取る視界を大きく変えた。

太い筒を両手で押さえ、細かに動かし、七音美は切り替わる景色の誤差を狭めて行く。

ライトアップされた断崖の脇、うっすらと明るい小埠頭に焦点が合った時、七音美の目の前にあの女が再び姿を現した。

中世風の白いドレスに、ジャンヌ・ダルクの銅像の顔、無表情で不気味な仮面——。

ドキリとして手を滑らせ、七音美は再び焦点を逃してしまう。

両腕に神経を集中し、片目をぎゅっと閉じ、七音美は望遠鏡の先端、闇の中に女の姿を探す。

再びレンズが小埠頭をとらえた時、視界が寸分たりともずれぬよう、七音美は全身の筋肉を強張らせて筒を支えた。

日中、三色旗がはためいていた掲揚ポールのすぐ前に女は立っている。

直立して、女は小刻みに体を揺らしている。

しかし、どうも動きが不自然だ。

海を挟んだ安心感から、七音美は片目を凝らして女を観察する。

ドレスはどうやら濡《ぬ》れているようで、部分部分、女の体にぴったりとくっついている。……いや、どうやらそれだけではない。胸のあたり、腰のあたり、ドレスのシルエットは奇妙にタイトにくびれている。

七音美は理解した。女は掲揚ポールに縛りつけられているのだ。

そしてその足元、ポール周辺の地面には無数の黒い蛇のような、あるいはうねる黒髪のような不気味な影がとぐろを巻くようにして女の周りを取り囲んでいる。

「――?」

一体これは何?――思って七音美が目を凝らした、その時だった。

女の背後にポッとオレンジ色の火柱が立ち、そして次の瞬間、女の仮面が不意に外れた。

「――――!」

驚きのあまり、七音美は片目を見開いた。

仮面の下には恐怖に引き攣《つ》るアリアーヌの顔があった。

しかし、驚きはそれだけではなかった。

アリアーヌの美しかった長い髪は乱雑に切り取られ、彼女は無残な坊主頭にされていた。

島の彼女に七音美の姿が見えるはずはなかったが、必死に助けを求めるアリアーヌの懇願の眼差しが、一瞬、七音美の視線と交わった気がした。

しかし次の瞬間、アリアーヌの足元の黒い塊が火柱を上げ、アリアーヌは炎の中の黒い影になってしまった。

望遠鏡を突き飛ばすようにして、七音美は両手で口を押さえて後ずさった。

「……どうしたんだい？　こんな夜に、一体何を見てるんだい？」

声に振り返ると、七音美の様子を不審に思ったのか、レジーヌがベッドから降りようとしてこちらに体を向けているところだった。

片掌《かたて》を前に突き出してレジーヌを制止し、七音美は首を大きく左右に振った。

「……駄目です、レジーヌ。どうかそのまま。今、隣の部屋の刑事さんを呼んできますから」

なんとか声を振り絞り、七音美は隣の部屋へのドアを目指して駆け出した。

ノブを握るなりドアを開き、七音美は肩で息をしながら敷居の上に立つ。

明るい隣の部屋、応接セットのテーブルを挟み、直立するドヴィリエと座ったままの刑事二人が睨み合っている。

ドアの音、尋常ではない七音美の様子――驚いたように三人はこちらを向き、呆然《ぼうぜん》とした表情を見せる。

乱れる息を整え、七音美は一息に言った。

「大変です！　アリアーヌが、監獄島の埠頭で、炎に！」

「何だって？――」怪訝《けげん》そうに言い、ブノワは立ち上がった。

「どうして、あなたがそれを？」

「レジーヌの部屋の望遠鏡で……。どうか、早く助けてあげて！」

勢いよくエミールが立ち上がり、七音美の方へと駆けて来る。七音美の脇を通り抜け、エミールは背後の部屋の中へと消える。

七音美は振り返る。後ろからブノワとドヴィリエも近づいてくるのが判る。

部屋の境界に立ち、三人は望遠鏡を覗くエミールの姿を呆然と見つめた。

しばらくして望遠鏡を動かすのを止め、数秒間姿勢をとどめた後、エミールはこちらを向いて身を起こした。

「埠頭のポールで火《ひ》炙《あぶ》りに……。もう、誰なのか判りません……」

背後でブノワの大声が響く。

「なんてことだ！　エミール、行くぞ！」

エミールは頷き、駆け出し、七音美の脇を再び駆け抜けて行った。

思わず振り返る七音美とドヴィリエに、メインリビングを出て行く直前のエミールは振り返って言った。

「ここは護衛の警官に守ってもらいます。お二人とも、このままこの部屋で待っていてください！」

言い終えたエミールはブノワを追ってドアの外に消えた。

七音美は思わずドヴィリエと顔を見合わせた。女優の顔にはあからさまな恐怖の表情が浮かんでいた。

と、レジーヌの部屋から「ああああああ」と獣のような叫び声が響いた。

驚いて振り返ると、窓際の椅子に腰かけ、片手で望遠鏡を握ったレジーヌが天を仰いて叫んでいた。

監獄島の残虐な火刑を、レジーヌは見てしまった――。

七音美とドヴィリエはレジーヌに駆け寄り、悶《もだ》える彼女が椅子から転落してしまわないよう両脇から腕を支えた。

「あああ……」力尽きたように、レジーヌの叫びは部屋の薄闇に消えてゆく。

七音美たちの支えで深く椅子に腰かけ、まるで心臓《ハート》を射抜かれたイコンの聖人のように胸を押さえ、レジーヌは恐怖に声を震わせた。

「……ああ、神よ《モン・デュー》」

4

先行して消火活動を終えた消防の高速艇と警察第一艇に続き、エミールとブノワはカンヌ警察の高速第二艇でサント＝マルグリット島の小埠頭に到着した。

接岸した船からの投光と現場検証用のランタンに照らされ、炭化した人体――だったのであろうもの――がセミの抜け殻のように密着し、煤《すす》にまみれた掲揚ポールが闇の中、埠頭の中央に禍々《まがまが》しく浮かび上がっている。

「こりゃ酷《ひど》いありさまだな。まさに監獄島の火刑台……だな」

ハンカチで鼻を押さえながら上陸し、ブノワとエミールはあたりを見廻す。

ポールの周囲、黒くドロリと溶けた燃料の燃え滓《かす》と思われるものが埠頭のコンクリートにこびりつき、キャンプで使う着火剤とガソリンが混ざったような独特な臭いがあたりに漂っている。

先に到着し、鑑識員の指揮をとっていたスーツ姿の職員がブノワに駆け寄ってきた。

「ブノワ警視！　とんだことになりました……。映画祭の開幕直前だというのに、とてもカンヌに相応しくない、ハリウッドのB級ホラーみたいな事件が起きてしまって……」

「本当に。とんだことですな。……彼は部下のエミール・クレール警部補です。今日はアモウ・ナオミ襲撃未遂事件の検証のため別行動をとっていたのでご紹介が遅れました。……こちら、今回の共同捜査のカンヌ側の責任者、オージェ警部だ」

紹介され、エミールはオージェ警部と握手と挨拶を交わした。口ひげを綺麗に整え、仕立ての良さそうなスーツを着たその姿からは、リゾート地での平和な勤務内容がなんとなく想像できる。

慣れない残虐事件への動揺を隠せない様子でせわしなく動き、オージェ警部はブノワとエミールを火刑台の残骸へと案内した。

「どうやら生きたままガソリンをかけられて焼かれたようです。ガソリンだけでなく、ニトロセルロースという強燃性の燃料も使って、かなりの高温で……」

「ニトロセルロース？　あまり聞いたことがない名前ですな」

ブノワの問いに、オージェは足元の黒い燃え滓を見廻して言った。

「科学的に言えばそんな名前。我々の知っている言い方をするなら『映画のフィルム』だそうです」

「映画のフィルム？――」エミールは思わず声を上げた。

「そんなものが燃料になるんですか？」

オージェはきょろきょろと辺りを見廻し、ポールの脇で屈《かが》んでいた年配の鑑識員と目を合わせた。オージェに促されるように、鑑識員はエミールを見上げて言った。

「現行のフィルムに可燃性はありません。しかし『ナイトレートフィルム』という昔のフィルムには強烈な可燃性があるんです。そのせいで、昔は映画館やスタジオが随分火事になったそうです」

「ということは、この残骸は古い映画のフィルムなんですか？　そんなもの、どこから……」

足元の燃え滓を見渡すエミールにオージェが言う。

「ナイトレートフィルムの保管には消防への届け出が必要なんですが、映画にゆかりのあるこの街でも、そんな申請をしているのはレジーヌ・ブラパンだけ。確認の必要はありますが、恐らく、燃やされたのは映画監督でもあった彼女の古い作品なのではないかと思われます」

「彼女の作品……」

もしそうだとすれば、レジーヌ・ブラパンは養女と同時に自分の芸術の記録も失ったことになる。しかも、それが娘を焼き殺すための燃料に使われたとは――。

あまりにも残酷な犯人の趣向に、エミールは続く言葉を失った。

ポールの下に積み上がった残骸に近寄り、ブノワは鑑識に尋ねた。

「その古い映画のフィルム以外、燃え滓の中にはどんな遺留品が？」

「服や持ち物は完全に灰になってましたが、辛うじて形をとどめていたのは被害者のものと思われる携帯電話、キャンプ用のガスコンロの二点です」

遺体とは反対側の位置、ポールの根本に密接するように置かれた真っ黒になったガスコンロのようなもの、そして溶けた携帯電話を鑑識員は指さして示した。それに近づきしゃがみ込み、上を見たり下を見たりしているブノワに、オージェは誇るような口調で言う。

「しかし、この時間定期船は動いていませんし、ご連絡いただいてすぐに消防と第一艇は島に到着、島の港を封鎖して、その後小舟一艘、島からの出港を許していません。今、署員総出のローラー作戦で行っている島狩りで、犯人を見つけ出すのも、まぁ、時間の問題でしょう」

「いや、犯人はもう島にはいないでしょうな」

「え？――」屈んだままのブノワの言葉に、オージェは声を裏返して言った。

「しかし、火をくべる執行人がいなければ、火刑を行うことは不可能ですよ？」

「ちょっとした仕掛けを、犯人は火刑台に施したんですよ。見てください」

立ち上がったブノワのそばに、オージェとエミールは近づいた。

掲揚ポール、黒焦げの死体の背面。自分たちの胸ぐらいの高さにある突起をブノワは示した。

スケート靴の裏のエッジのような形のそれは、掲揚した旗のロープを巻いて止める部分だ。

上下に凹んだ部分の上の凹みを指さし、ブノワは言った。

「この凹みに、ナイトレートフィルムを結びつけた携帯電話を甘く挟み、島を去った後に電話をかけ、バイブレーションの振動で落とす――」

ブノワは金具から真下に向けて指を動かす。丁度そこには黒焦げになったガスコンロがある。

「私なら狙い通りまっすぐ落下させるため、下から延ばしたフィルムを金具にかけ、井戸のつるべ落としのように携帯を落とすでしょうな。きっと犯人もそうしたんじゃないでしょうか」

上下に数度視線を行き来させ、オージェは面喰《めんく》らったようにブノワに顔を向けた。

「じゃあ、島狩りは……」

「全く無駄ということはないでしょうが、島だけでなくカンヌ側の埠頭の捜索も視野に入れた方が良いでしょう。犯人が借用したモーターボートが乗り捨てられている可能性が高い。だが、エミール――」

ブノワはエミールに顔を向けた。

「あの日本人のお嬢さんは、どうして島の火刑に気づいたんだ？」

「……」

あの時のレジーヌの部屋の様子を思い出し、エミールは答える。

「望遠鏡のすぐ脇にレジーヌのものと思われる携帯電話が落ちていました。犯人から電話がかかってきたんじゃないでしょうか？」

「うむ……。あるいは逆に、その電話を使って火刑台の装置を発動させ、望遠鏡を使ってその成功を確認した――そんな可能性も考えられるな」

「いや――」彼女に限ってそんなことはあり得ない。エミールは直感的に思ったが、特に根拠はないので続く言葉を飲み込んだ。

ブノワも本気で疑っている訳ではないようで「まぁ、通話履歴を確認すればはっきりすることだ」と話を打ち切りオージェに視線を向けた。

「燃やされたのがレジーヌのフィルムだとして、誰がそれを持ち出したのか？　……そして島からカンヌに戻ってからのアリアーヌの足取りも確認したいところですな。あと、目撃者のアモウ・ナオミからも話を詳しく聞く必要があるでしょう。現場と市内の捜索はお任せします。我々はホテル・ガルニエに戻り、その方面の捜査を担当しましょう」

＊

カンヌに戻り、エミールとブノワはまずホテル・ガルニエの事務室で支配人から話を聞いた。

修道院の島での事件を嗅ぎつけた記者やパパラッチが押し寄せ、今日の午後、ホテルの玄関前とロビーは大混乱だったという。その対応に忙しく追われていたため、ホテルに戻ったアリアーヌの姿を見たという職員は一人もいなかった――そう支配人は証言した。しかし、防犯カメラの録画を確認してみると、不審な女が一人手ぶらでホテルの玄関を入り、そしてしばらくして大きなキャリーケースを持って出て行く姿が映っていたという。

エミールたちが録画を確認してみると、たしかにそこにはショートボブにサングラスをかけた不審な女の姿が映っていた。レジーヌの部屋がある四階の防犯録画も確認したところ、まさにその女があたりの様子をうかがいながらレジーヌの部屋の鍵を開けて入室し、そして十分ほどしてトランクを持って出てくる姿が映っていた。レジーヌの部屋に保管されていた映画のマスターフィルムを持ち出したのはその女と考えてほぼ間違いないと思われた。

ショートボブにサングラス――ウイッグを着けていた時のレベッカに格好の似たその女は、果たしてレベッカなのだろうか？

監獄島に着いた時、レベッカはたしかウイッグを船のゴミ箱に捨てたと言っていたが、実は捨てずに持っていたのだろうか？　あるいは誰かがそれを拾って使ったのか？　それとも、そのウイッグと防犯カメラの女は無関係なのか？

そして、いまだ所在の判らないゴールドスタインとレベッカは、一体どこにいるのか……。

ビデオの確認を終え、エミールとブノワはレジーヌの部屋へと向かった。

護衛の警官はドアの前ではなく室内、メインリビングのドアの内側で七音美とドヴィリエ、そして隣室のレジーヌを警護していた。誰もが犯人である可能性がある現状、関係者とはいえ室内に二人きりにするのは危険だとオージェ警部が判断、指示したのだろう。

ブノワたちが入室すると、ドア脇のソファーに座っていたドヴィリエが立ち上がり、つかつかと二人の元に歩み寄った。

ブノワの目の前に立ち、ドヴィリエは不安そうな表情で言った。

「レジーヌがショックで発作を起こしちゃって、今、お医者様が彼女の部屋に入ってるわ。命に別状があるって状況じゃないみたいだけど……」

「そうですか。ショックのほど、お察しして余りあります」

「……それで、どうだったの？」

「どう——とは？」

「燃やされたのはアリアーヌだったの？」

「ご遺体の状態が酷く、見た目だけではなんとも……。現在検死中です。ですので事件の唯一の目撃者、マダム・アモウから詳しくお話を聞かせていただかねばなりません」

「ああ、そう。……そうよね。じゃあ私、レジーヌの部屋に行っているわ」

続く事件にさすがにショックを受けているのか、ドヴィリエは妙にしおらしく、神妙な様子で隣の部屋へと去っていった。

蒼《あお》ざめて座る七音美の向かいに、ブノワとエミールは静かに腰を下ろした。

「少し、お話を聞かせていただけますかな？」

「はい、もちろん……」

暗く答え、七音美は顔を上げる。

七音美の目をじっと見つめ、ブノワは質問を始めた。

「あなたの発見のおかげで、消防も我々も現場に急行し、緊急配備を敷くことができました。まずは、ご協力に心より感謝申します。生憎《あいにく》、被害者の生命を救うことはできませんでしたが……」

神妙に言葉を区切り、ブノワは続けた。

「しかし、なぜあなたは、マダム・ブラパンの部屋にいながら島の埠頭での異変に気づくことができたんでしょう？」

「それは――」緊張を隠せない様子で七音美は答える。

「レジーヌの携帯電話に電話がかかって来たんです。お加減が悪くて出られないレジーヌに代わって私が出ると、オルレアンの魔女を名乗る不気味な声が、島の埠頭を望遠鏡で見るようにって……」

「不気味な声というのは、どんな声だったんでしょう？」

「低くて、しわがれた、おばあさんのような……。まさに『魔女』のような声でした」

「その声は、あなたに何を話しましたか？」

「レジーにお仕置きをするために、自分は時空を超えて帰ってきたんだって。自分が魔女になった理由をイリュジオンで見せようと思ったけど、レジーが見られないなら代わりに私が見るように……それで、島の埠頭を見るようにって……」

「レジー？」

「少女時代のレジーヌのあだ名がレジーだって、彼女の小説、『黒い髪のエレーヌ』には書いていました」

「ふむ――」ブノワは顎に指を添える。

「声の主はあなたを知っていましたか？」

「はい……。今日、監獄要塞の地下で会った黒い髪の女の子だねって……。今度会った時は、ちゃんと可愛がってあげると言って、不気味な声で笑っていました」

七音美は自らの腕を両手で抱いた。

ブノワはちらりとエミールを見遣り「それは危険だな――」とつぶやく。

レジーヌ近辺の女性たちを猟奇的な方法で殺害し、監獄要塞で七音美を襲撃した犯人であるなら、次は彼女を標的にする可能性は充分に考えられる。イネスとアリアーヌの命を守ることはできなかったが、日本から一人フランスに来てくれた彼女を絶対に次の犠牲者にする訳にはいかない――エミールは強く思う。

ブノワは質問を変えた。

「望遠鏡で見た時、埠頭はどんな様子でしたか？」

「白いシュミーズドレスに、ジャンヌ・ダルクの顔の鉄仮面……今日監獄要塞で私の前に現れた女と同じ姿で、彼女は埠頭の旗を揚げるポールに縛られていました」

エミールは思わず尋ねた。

「鉄仮面、ですか？」――そんなもの、灰の中に残ってはいなかったはずだ。

七音美はこくりと頷く。

「はい。そして、足元には黒い沢山の蛇のような、長い黒髪の束のような影が山になっていて、なんだろうと思ってじっと見ていたら、ポールの背後に火柱が上がって……そして次の瞬間仮面が落ちて、……それで、縛られてるのがアリアーヌだって判ったんです」

「アリアーヌ嬢はどんな様子でしたか？」

再びブノワが質問を続けた。

七音美は辛そうに答える。

「とても怯《おび》えた表情で、向こうからは見えるはずがないのに、助けを求める視線をまっすぐに向けられた気がしました。そして……」

言葉を区切り、息を吸い、七音美は深いため息をつくように言った。

「乱雑に髪を切られ、彼女は歪《いびつ》な坊主頭にされていました」

坊主頭――。

エミールがブノワと顔を見合わせた時、入り口の呼び鈴の音が部屋に響いた。

ドアに視線を向け、ブノワは警備の警察官に合図を送る。

「どなたですか――？」警察官の応答に、ドアの外から「ロランです。ジャック・ロランとカール・クロイツです」とロランの声が返ってくる。

こちらに顔を向ける警察官にブノワが大きく頷き、警察官はドアを開いた。

勢いよく部屋に入って立ち止まり、あたりをきょろきょろと見廻し、ロランは七音美たちの元に駆け寄る。

応接セットの脇に立ち、ロランはソファーの七音美に神妙な様子で言った。

「……ナオミ、大丈夫かい？　僕がカンヌに招いたばっかりに色々と酷い目に遭わせてしまって、一体なんてお詫《わ》びすれば良いのか……。監獄要塞の地下の一件も、現実に起きたことだったんだね……。まるで君の幻覚のようにあしらってしまって、本当に申し訳なかった」

頭を下げるロランに、七音美は小刻みに首を横に振って応えた。

「いいえ、あなたが悪いんじゃありません。どうか頭を上げてください」

ロランの後に従い、クロイツも応接セットの脇に神妙な表情で立つ。

しばらくして頭を上げ、ロランは七音美の向かいに座るブノワの顔を見つめた。

「埠頭で焼かれたというのは……本当にアリアーヌだったんでしょうか？」

「まだ調査中です」

「連絡のとれないゴールドスタインたちは、何か事件に関係しているんでしょうか？」

心配そうに問いを重ねるロランに、ブノワは落ち着きを促すように声を低めた。

「いえ、それもなんとも言えません。……ところで、あなた方はどうしてここに？」

「ああ、それは――」

ちらりとクロイツと顔を見合わせ、ロランは答える。

「カトリーヌから連絡をもらったんです。事件のこと、レジーヌの体調のこと、そして七音美もここに一緒にいることを……。こんなことになってしまった以上、『オルレアンの聖女』のメンバーの今後の予定を、一旦仕切り直す相談をしなければならないと思って……」

ソファーの脇にひざまずき、七音美を見上げ、ロランは一語一語噛《か》みしめるように言った。

「僕はずっと、レジーヌに実の息子や孫のように可愛がってもらってきた。だから、明日のオルレアン行はキャンセルして、体調が落ち着くまで彼女のそばについていてあげたいと思うんだ。プロモーションの仕事を投げ出してしまうなんて、オペラ座の芸術監督として失格なのは判ってる。けどナオミ、僕のわがままをどうか許してくれないだろうか……」

「……」

しばらく黙ってロランを見つめ、七音美は静かに頷く。

「もちろんです。是非そうしてあげてください。こんな時、家族のように思っている人がそばにいてくれれば、きっと、何よりもレジーヌの心の支えになるでしょうから。けど——」

ためらうように言葉を区切り、七音美はロランとクロイツ、ブノワとエミールの顔を順に見据えた。

「もし許されるなら、私一人でも、オルレアンに行かせてはいただけないでしょうか？　……

もちろん、この場から逃げ出したくて言っているんじゃありません。私が聖女役を降板するのではない限り、私は『オルレアンの魔女』の犯罪に負けることなく、レジーヌの作品を成功させるための仕事を予定通りに行いたい――それが、舞台に立つ者としての、犯人に対する私の意地です」

思いがけない七音美の言葉にエミールは驚いた。

繊細でか弱いとばかり思っていた彼女の言葉と眼差しは、姿の見えぬ犯人と正面から対決する意志に満ちた、とても立派で高潔なものだ――。

エミールと同じく、ロランも感心したように呆然と七音美の顔を見上げている。

ブノワとクロイツも感心してはいるようだが、年配の男性として心配が先に立つのか、不安げなまなざしで七音美の顔をじっと見ている。

誰かがノンと言う前に――エミールは咄嗟に口を開いた。

「警視、どうか私を彼女に同行させてください。犯人がブラパン家に害をなしながらも、マダム・アモウを次の標的にする可能性がないとは言えない以上、カンヌから離れた方が間違いなく彼女は安全です」

「……」

黙るブノワに、エミールは詰め寄る。

「パリのオペラ座の仕事のため、彼女はわざわざ日本から来てくれたんです。単にここから逃げるのではなく、彼女自身、ちゃんと納得のいく仕事をしてもらった上で安全に日本に帰っていただく――それが、私たちパリ警視庁職員の務めなんじゃないでしょうか？」

「……」

なお黙り続けるブノワに、ロランも体の向きを変えてまっすぐな眼差しを向ける。

エミール、七音美、ロラン、クロイツ、そして警備の警察官――その場の全員が黙ってブノワを見つめた。

「たしかにそうかもしれんな……。カンヌ警察には私から話してみよう」

ブノワの言葉に、エミールと七音美は思わず互いに頷き合った。

Ⅵ　オルレアン

Ⅰ

ニース・コートダジュール空港からパリ・オルリー空港へのフライト、そして田園風景が延々続く高速道路《オートルート》をエミール運転のレンタカーで南下して、七音美たちは5月8日の正午前にオルレアンに到着した。

ロワール川の北岸、中央《サントル》フランスの要衝。

中世の面影を残す城塞都市の中心、灰味がかった青空の下、サント・クロワ大聖堂の直線的な双塔が高々と聳《そび》えている。

古い町並の各所には貴族の紋章旗が色とりどりにはためき、『ジャンヌ・ダルク祭』の参加者らしき人々が中世風の扮装《ふんそう》をして石畳の歩道を闊歩《かっぽ》している。そしてどこからともなく、フランス国歌『ラ・マルセイエーズ』を高らかに演奏するトランペットの音が聴こえてくる。

中世、ジャンヌ・ダルクがオルレアンの包囲を解放した日——。

現代、フランスがナチス・ドイツの占領から解放された日——。

「……5月8日は二つの戦勝記念日が重なる、フランス人が一年のうちで一番国を誇りに思う『勝利の日』なんですよ」——後輩、奏太《そうた》の明るい声が耳に甦《よみがえ》る。

助手席のウインドウから見るオルレアンの街の随所には、勝利の日、喜びの日を祝う人々の無邪気な熱気が満ちている。

「さすがにそういう訳にはいきませんよ。あなたを護衛するため、私はここまでご一緒したんですから……」

七音美《なおみ》の真剣な提案に、運転中のエミールは困った様子で応えた。

「私は大丈夫です。公式行事にはもちろん警備の方もいらっしゃいますし、到着後は市の担当者の方が同行してくれるそうですから。……ここまで安全に連れて来てくださっただけで、もう、本当に充分です」

「しかしですね……」

「せっかくオルレアンまで来たのに、私の付き添いなんて余計なことに、クレール刑事の貴重な時間を使って欲しくないんです。自分の仕事を全うすることで、私がオルレアンの魔女の卑劣な犯罪に『ノン』を突きつけるのと同じように、クレール刑事にはクレール刑事本来の仕事、オルレアンの魔女の正体を突き止めることに全力を使ってもらいたいんです」

フロントガラスの向こう、徐々に近づいてくる大聖堂の双塔をじっと見つめ、七音美は噛《か》みしめるように言葉を続けた。

「オルレアンの魔女を名乗る以上、犯人の手がかり、名前の秘密は、きっとこの街のどこかに隠されているはずだと思うんです。表敬訪問の仕事を全うするだけじゃなく、その謎を解くカギを自分なりに探して事件の解決に役立ちたい――そんな思いもあって、私は予定通りオルレアンに来ることを決意しました。今日お会いする市長や職員さん、色々な人から可能な限り話を聞こうと私は思っています。……けど、素人の私の調査には限界があります。本職のクレール刑事の捜査がなければ、オルレアンの魔女の謎を解くことは絶対にできないと思うんです」

熱弁する七音美の隣、エミールは黙って大聖堂脇の環状交差点《ロンポワン》で車をカーブさせた。

荘厳なゴシック建築の大聖堂の側面を左に見ながら、車は大聖堂の正面、中世の街、オルレアンの中心部へと進入する。

七音美の目的地、市のセレモニーホール『グロロ館』を目前にして、エミールは大きなため息をついた。

「絶対に一人にはならない。危険な場所には近づかないと、約束してくれますか？」

「はい！　もちろんです！　クレール刑事にご迷惑をかけるようなことは絶対にしません！」

思わず運転席に体を向け、七音美は勢い良く答えた。

七音美の態度に呆《あき》れたのか、それとも七音美の願いを受け入れてしまった自分自身に呆れたのか、エミールは自嘲気味に笑った。

「じゃあ、あなたがお仕事をなさっている間、私は地元警察で情報を探ってみましょう。お仕事が終わったら、あるいは何かあったら、すぐに私に連絡してください」

「判りました――」神妙に頷《うなず》き、七音美は言った。

「何か手がかりになるようなことが判れば、きっとすぐにご連絡します」

「そういう意味じゃないんですが……。まぁ、良いです。ご連絡、お待ちしていますよ」

エミールは言い、静かに車を停《と》めた。

*

「ようこそ！　オルレアンへ！　今日は黒い髪のジャンヌ・ダルクに会えると聞いていたが……いやはや、これは想像以上にお美しい！　おいでいただけるのがもっと早くに決まっていれば、パレードのジャンヌ役も、是非あなたにお願いしたかったものですよ！」

16世紀の執政官、グロロの屋敷がそのまま残るグロロ館。中世風のこってりとした装飾の貴賓室、甲冑《かっちゅう》姿の勇ましいジャンヌを描いた絵の前で市長のバイイ氏は芝居じみた仕草と大きな声で上機嫌に七音美を歓迎した。

「カンヌでは何やら、映画のように不気味な事件が起きているようですな。ドヴィリエやロランの祭りへの来訪がキャンセルになってしまったのは残念ですが、そんな中、あなた一人で本当によく来てくださいました。ジャンヌにも匹敵するあなたの勇気と行動力に、心からの敬意を表します。パリ・オペラ座での『オルレアンの聖女』の新制作、私たちオルレアン市民も非常に楽しみにしています。市を挙げて、きっと応援させていただきますよ」

「ありがとうございます、市長。……フランスの皆さんが今なお大切に思っている守護聖女、ジャンヌ・ダルクを外国人の私が歌うのはとても荷が重いと思っていました。けれど、親切に歓迎してくださる皆さんの懐の深さ、芸術に対する寛大な理解に、私は心からの感謝と尊敬の念を禁じ得ません」

満足げに頷き、市長はカメラマンたちに撮影を促す笑顔を向ける。

大きなジャンヌの絵を背景に、市長と七音美は笑顔で掌《て》を握り合ってしばしフラッシュを浴び続けた。職員の合図で撮影の時間は終わり、カメラマンたちはぞろぞろと貴賓室を出て行く。

自分と七音美、数名の職員たちだけになり、市長はくだけた雰囲気で七音美に椅子を勧めた。

「今日はこの後、メイン・イベントのパレード観覧までの間、行事や面会のスケジュールが色々詰まっていましてね、あまり時間を取れないのが残念ですが、折角ですから少しお喋《しゃべ》りでもしましょう。……オルレアンやジャンヌのこと、私の知っていることなら、なんなりとあなたのご質問に答えますよ。あなたのオペラの役作りに少しでもお役に立てたなら、オルレアン市民の一人としてこんな光栄なことはありませんからね」

「ありがとうございます。そんな風に仰言《おっしゃ》っていただけてこちらこそ光栄です。オルレアンに来た甲斐《かい》がありましたわ」

テーブルを挟んで市長の正面に腰を下ろし、七音美は品の良い笑顔を作ってみせる。

「お言葉に甘えて、本当に色々と質問させていただいてもよろしいですか？」

「もちろんですとも――」テーブルに両肘をついて掌を組み、市長は上機嫌に応える。

「私に答えられるようなご質問なら良いんだが……。大丈夫かなあ？」

市長は嬉《うれ》しそうに壁際の椅子に座る職員たちを見渡した。職員たちもにこやかな愛想笑いを市長に返す。

七音美は尋ねた。

「じゃあ、早速ですが、このオルレアンにいらした頃のマダム・レジーヌ・ブラパンについて、何かご存知のことがあればお聞かせいただけないでしょうか？」

「え？　マダム・ブラパンについて、ですか？」

こくりと頷く七音美に、市長は不思議そうに問う。

「ジャンヌ・ダルクのことではなくて？」

「はい」

「この街の歴史についてでもなく？」

あからさまな失望の色こそ見せないものの、市長の声のトーンは微妙に下がっていく。七音美は取り繕って言い訳する。

「オルレアンの街の素晴らしさ、この街の人たちにとってジャンヌがどんなに大切かということについては、今日、これからジャンヌ・ダルク祭を拝見することで、きっと自分自身で直接感じることができると思うんです。私が出演する『オルレアンの聖女』を、この街で生まれ育ったマダム・ブラパンは、当時一体どんな思いでお書きになったのか――そちらからのアプローチで、是非、今回のオペラに対する作品理解を深めたいと思うんです」

「ふーん。そうですか……」

納得したようにも不服げにも見える表情で、市長は壁際の職員に尋ねた。

「あの作品は、いつ頃書かれたんだったかな？」

いずれもスーツ姿の職員、中年男性と若い女性はぽかんとして首を横に振る。

眼鏡をかけた年配の女性職員が落ち着いた様子で答える。

「たしか１９６９年、五月革命の翌年に発表されたように記憶していますが……」

「ああ、あの騒動の年か……」

少し思案する様子を見せ、市長は大きくかぶりを振った。

「いや、そんな話を聞いても、あなたのジャンヌ・ダルクの役作りには決してプラスにならないでしょう。あの頃のマダム・ブラパンについての話は聞かない方が、きっとあなたのためなんじゃないでしょうか……」

市長の迂遠《うえん》な言い回しに七音美はなんとなく脈を感じる。

引き下がることなく、七音美はわずかに身を乗り出した。

「ポジティブな感情だけが、なにも芸術を生み出す訳じゃありませんわ。ネガティブな情報、嫌悪や怒りも、場合によっては大きな力になる場合もあります。異端として火炙《ひあぶ》りにされたジャンヌの魂の苦悩を自分の心に落とし込むためには、むしろ、聞かないでおいた方が良いぐらいの暗い話こそ、私にとって最も聞かせてもらうべきお話なんじゃないかと思います」

「そんなものでしょうか？」

「ええ、そんなものですわ」

まっすぐ見つめる七音美の視線に、困ったように、しかし少しもったいぶるように、市長は俯き加減に独り言めかしてつぶやく。

「しかし、ジャンヌ・ダルクの戯曲を書いた女流作家が、当時、ジャンヌどころか『女ジル・ド・レ』と呼ばれて街の人々から白眼視されていた——というのは、さすがに、あなたの作品理解に良い影響を与えるとは思えないんですがね……」

「女ジル・ド・レ？」

七音美を見つめ、市長は何も応えずに黙る。

ジル・ド・レ——。

ジャンヌ・ダルクについて少し勉強した七音美は、ジャンヌの戦友、その青年貴族についての知識も少し持ち合わせていた。敬愛する同志ジャンヌの残酷な刑死のショックで精神に異常をきたし、ブルターニュの領地に籠って領内の少年たちを誘拐しては性的な加虐の末に殺害していたという、フランス史上有数の残酷な異常性犯罪者。

けれどレジーヌに、どうしてそんな悪名が？

「レジーヌは、まさか……女性たちを誘拐していたとでもいうんですか？」

とてもそんなことは考えられず、それ故に、七音美はむしろダイレクトに尋ねてしまった。

市長は黙り、職員たちは呆然《ぼうぜん》として表情を失っている。

さすがにまずいと思ったのか、市長は慌てて釈明した。

「いや、レジーヌも少女たちも、それぞれ同意の上の『同居』だったと言い、調査の結果、特に事件性があった訳でもなかったようです。ただ、あまりにも一般常識からかけ離れた彼女の放埒《ほうらつ》な性格、当時はまだまだ異端視されていた同性愛的な性志向——それらに対する反感で、彼女はそんな風に呼ばれ、町の人々はロレーヌ館を不道徳な『ゴモラの館』と噂《うわさ》した……どうやらそういうことだったようですな」

「ロレーヌ館……っていうのは？」

「ブラパン家の屋敷です。まぁ、ブラパン家の屋敷と言っても、戦中、レジスタンスのリーダーだったレジーヌの父、オーギュストが親戚の街の有力者、ロレーヌ一族を対独協力者として粛清、簒奪《さんだつ》した屋敷で、だからその後もロレーヌ館と言われている訳なんですが——」

今までになく忌々しそうに、市長は口元を歪《ゆが》めて言った。

「対立を煽《あお》り、仮想敵を生み出し、戦後、オーギュスト・ブラパンは巧みに権力を手にしました。ド・ゴールの失脚の年に彼は亡くなりましたが、それまでは私の父の政敵として、あの男は唾棄すべき卑劣な方法で……」

レジーヌの父に対する糾弾に熱がこもり始める市長に、壁際に座る男性職員が慌てるように声をかけた。

「市長、あの、そろそろ、次の行事のご予定が……」

職員が投げ込んだタオルで我に返り、市長はスーツの袖口の時計をちらりと確認する。

「ああ、そうだな。……マダム・アモウ、私はこれで失礼しますが、あなたの大ファンだという職員が、このあと一日、ジャンヌ・ダルク祭のオルレアンをご案内させていただきます。また後ほど、マルトロワ広場のパレード観覧席でお会いしましょう」

七音美と別れの握手を交わし、市長は職員たちを引き連れて貴賓室を出て行った。一人残った若い女子職員が七音美の前に歩み寄り、少し緊張した様子で挨拶をする。

「マダム・アモウ、先ほど市長からご紹介がありましたように、私が今日一日あなたのご案内を担当させていただきます、マリー・ヴェルデュランと申します。どうぞよろしくお願いします」

「こちらこそ、どうぞよろしくお願いします、マダム・ヴェルデュラン」

七音美が差し出す掌を握り、七音美より少し小柄、少し年下ぐらい、美しい青い瞳を少し伏し目がちに、マリー・ヴェルデュランはたどたどしい口調で言った。

「さっき、市長が『あなたの大ファンの職員がご案内する』って言っていましたけど、あれは社交辞令なんかじゃなくって、私……本当にあなたの大ファンなんです。学生時代、私も声楽を勉強していて……って言っても、今は市役所に就職しちゃいましたけど……。パリにいた頃、オペラ・バスチーユで聴いたあなたのミカエラが、本当に素敵で、儚《はかな》げで、美しくって……」

感極まったように、マリーは七音美の瞳をうっとりと見つめた。

「ありがとうございます。そんな風に言っていただけてとっても嬉しいです。音楽を愛する友人同士、どうか仲良くしてくださいね。私のことは、気軽にナオミって呼んでください」

「えっ……じゃあ、私のことも良かったらマリーって……。うわぁ……なんか緊張しちゃう」

頬をうっすらと赤らめ、マリーは気持ちを切り替えるように背筋をピンと伸ばした。

「――でも、今日は私、お仕事でナオミさんをご案内するんですから、こんな風に舞い上がってちゃいけませんね。『オルレアンの聖女』のプロモーションについて、ご案内するお祭りのスケジュールについて、簡単にご説明させていただいても良いですか？」

「ええ、よろしくお願いします」

「では――」握手していた掌をほどき、マリーはさっきまで座っていた壁際の椅子へと小走りに走り、椅子の上に置いていたバインダーを手に七音美の前に戻った。

バインダーを開き「えへん」と可愛らしい咳払《せきばら》い一つ、マリーは行程表を読み上げる。

「サント・クロワ大聖堂を出発したジャンヌ・ダルク・パレードが14時頃から順次、パレードのメイン観覧会場、街中心のマルトロワ広場に入場行進してきます。『オルレアンの聖女』プロモーションご一行は……あ、これはナオミさんお一人ということに変更ですが……広場の貴賓席の背後に作った特設ステージでご観覧、祭りの主役、白馬のジャンヌが広場に入場するタイミングでご起立いただき、オルレアン警察吹奏楽団の演奏にあわせて『ラ・マルセイエーズ』の合唱にソリストとしてご参加いただきます。譜面は会場でお渡しいたします」

『ラ・マルセイエーズ』を？　リハーサルなしで大丈夫かしら？」

「ですよね……」マリーは申し訳なさそうに眉をひそめた。

「プロの歌手の方にいきなり歌をお願いするなんてとても失礼なお願い、それに、フランス人じゃないのにフランスの国歌を歌っていただくなんて……。本当に申し訳ないんですが、お祭りに少し参加してあげる……ぐらいの気持ちで、どうかご協力いただければ……」

あまりにも恐縮するマリーが気の毒になり、七音美は苦笑してしまう。

「大丈夫ですよ。全然問題ありません。素敵なお祭りに参加させていただけて本当に光栄に思っていますから。……でも、『ラ・マルセイエーズ』は今まで歌ったことがないから、あとで少しだけでも練習しなきゃ。教えてくれます？」

「はい、もちろんです！」マリーは表情をぱっと明るくした。

「パレード観覧の前まで、大聖堂の納骨堂《カンポ・サント》の中庭、『中世市場《マルシェ》』のイベントにご案内させていただく予定ですけど、その前にここで少し練習します？　それとも先にマルシェに行きます？」

「マリーさんにお任せします」

楽しそうなマリーにつられ、七音美は穏やかに微笑んだ。

2

祭りの交通規制が敷かれた市中心部を迂回して、マルトロワ広場を挟んで大聖堂とは反対側、オルレアン警察署の駐車場にエミールは車を着けた。

観光客で賑《にぎ》わう石畳のエリアとは対蹠《たいしょ》的に、地方警察の古びた庁舎、アスファルトの道に人影は少ない。どこからともなく聞こえてくるチューバだかホルンだか、『ラ・マルセイエーズ』に聞こえなくもない間延びしたのどかな金管楽器の音に迎えられ、エミールは人気のないエントランスホール、正面のカウンターに座る無帽の制服警官の前に進んだ。

「やあ、こんにちは」

挨拶をしてＩＤを見せるエミールに、警官は眉一つ動かさずに「どうも。何かご用ですか？」と淡白に応える。

何か用か——と尋ねられると、エミールもいささか困ってしまう。七音美から「警察にしかできない捜査を」と言われ、特に当てはなかったものの、エミールはひとまず街の警察署を訪ねてみたに過ぎない。

「えーっと、私は今、カンヌで発生した殺人事件の捜査を担当しているんですが、被害者の家族、レジーヌ・ブラパンのオルレアンでの過去について、事情に詳しい方がいらっしゃればお話を伺いたいと……ちょっと、立ち寄らせてもらったんです」

「ああ、あの映画の町の映画みたいな事件のね……」

　平坦な調子で言い、警官は無表情に尋ねた。

「誰か、職員とアポはおありですか？」

「いいえ」

「アポもなく？　事情に詳しい人から話を聞きたいと？　そりゃ随分と呑気《のんき》なお話ですね」

「はぁ。……すいません」

「5月8日は第二次大戦ヨーロッパ戦勝記念日。パリの方はご存知じゃないかもしれないが、ここオルレアンではその上ジャンヌ・ダルクのオルレアン包囲開放記念の祭りも重なっているんですよ。祭りの交通整理と警護、警備、その他各業務で、今日この街にはアポなしで時間を取れるヒマな職員なんてたった一人もいませんよ」

　受付の警官の言葉はもっともだ。街の混雑から考えればオルレアン警察の全職員は今日、きっと何らかの業務に狩り出されていることだろう。暇そうに座り、一々嫌味っぽい反応を返す受付の警官でさえ「こんな日に警察に厄介ごとを持ち込むな」というオルレアン警察の総意を表現する立派な勤めを果たしているのだ。だが、しかし――。

「なんだか上の階から楽器の音が聞こえますね。小学生のブラスバンドに練習場所でも貸してあげてるのかな？　立ち合いの職員さんや、指導している警察楽団の方とか、そんな方でも良いんで、少しお時間を頂戴することはできませんかね？　街の古い話なんかに詳しいベテランの方が、大抵はそういった担当をしてるイメージがあるんですが」

「ああ、あの音は――」

　ゆっくりと天井を見上げ、受付係は言った。

「小学生のブラスバンドなんかじゃなく、オルレアン警察吹奏楽団ですよ」

「えっ？　それは失礼しました……」

　焦るエミールに、受付係は特に気を悪くした風でもなく相変わらずの調子で応える。

「暇人たちの道楽ですから、別にどう思っていただいても構いませんよ。……でも、あの間延びした演奏が、大勢の観光客がいる広場のパレード会場では丁度良い感じに聞こえるんですから不思議なもんです」

「暇人たちの道楽……ってことは、あれは皆さん、職員の方なんですか？」

「ええ、そうですが」

　今日暇な職員なんて一人もいないと、さっき言っていたではないか――と心の底で少しムッとしたものの、エミールはつとめて愛想良く受付係に話しかけた。

「じゃあ、その皆さんに、少しお話を伺う訳には……」

「とんでもない！」

目を大きく見開き、受付係は声に力を込めて言う。

「暇人たちとはいえ、連中にはこれから祭りで国歌を演奏する立派な仕事があるんです。そのための最終調整をしているところなんですから、今日に限って言えば、連中はオルレアンで一番忙しくてピリピリしている暇人達の集団です。私でさえ、今日は彼らに電話一本取り次げたものじゃありません」

「はあ……」

じゃあどうしたものだろう——考え込むエミールに、受付係は無愛想に言った。

「わざわざお越しいただいて恐縮ですが、今日ばっかりは、普段ならあなたを大歓迎しそうな物好きな連中ですら本当にお相手ができない状況なんです。……けど、資料室のデータベース、情報端末ぐらいなら私の裁量でお貸しすることは可能です。もしそれでよろしければご案内しますが、どうします？」

「ああ！　それで結構です。ありがとう」

ほっとするエミールを無愛想に眺め、受付係は鍵の束を手に席を立った。

3

市長と面会した部屋、ジャンヌ・ダルクの絵の前で、七音美はマリーの手本に合わせてしばし『ラ・マルセイエーズ』を練習した。物騒な歌詞のその歌を暗譜し終えた頃、二人はまるで同窓生同士のように打ち解け、お互いの音大時代や生い立ちについて、とりとめもないお喋りをしてしばしのんびり時間を過ごしてしまった。

次の行事に部屋を使うから——と、声をかけに来た館の職員に追い出されるようにして、そして二人はグロロ館を後にした。

「……少しの間に随分と人が増えましたね」

グロロ館の斜め向かい、サント・クロワ大聖堂前の広場。勇ましい制服姿のバンドが一糸乱れぬ隊列を組んで明るいマーチを演奏し、正面の目抜き通りに向かって丁度行進をスタートしたところだった。行進する道の真ん中を空け、両端の歩道には見物人たちが黒山の人だかりを作っている。

「あれはフランス軍の軍楽隊です。今日、5月8日はナチス・ドイツが連合軍に降伏したヨーロッパ戦勝記念日、第二次大戦の戦勝記念の日でもあるんで、中世の時代行列だけじゃなく、フランス軍による大規模な軍事パレードも行われるんです。私は時代行列の方が断然好きですけど……」

マリーは背中で引っ張るように七音美の先を歩き出した。

「今からご案内する『中世市場』は、それこそ中世にタイムスリップしたような風情のあるエリアなんです。しばし浮世を忘れて、のんびりとした時間を楽しんでください」

大聖堂の裏手『中世市場』会場の納骨堂《カンポ・サント》の中庭は、四辺を長い回廊に囲まれた緑の芝生、サッカーグラウンド二面ほどの広々とした庭だった。目抜き通りの喧騒《けんそう》も、軍楽隊のマーチの音も響いては来ず、リュートやリコーダ、中世の古楽器ののどかな演奏が会場のそこかしこから聞こえてくる。

街中でちらほらと見かけた中世の扮装をした人々が、ここでは現代の格好をした人間よりも多く、芝生の上の屋台の間を優雅に、楽しげに闊歩している。

「中世版のコスプレイベント……みたいでしょ？　トーキョーのコミケもとても楽しそうだけど、古いこの街で古い格好をして楽しむわが街のイベントも、私はなかなかのものだと思うんです」

中世の人々とすれ違いながら、マリーは楽しげに話す。

前から歩いてくる貴婦人や貴族、踊り子や銃士たちと笑顔で挨拶を交わしながら、七音美はマリーに返事をした。

「本当に。まるで中世のフランスにタイムスリップしたみたい。今度来る時は、私も是非クラシックな格好をしてこの世界の中に入り込んでみたいわ」

「本当ですか――！」マリーは輝く瞳を七音美に向けた。

「そう言ってもらえると、市の職員としてとても嬉しいです。その時は是非、私もナオミさんと一緒に中世のコスプレをさせてください」

「ええ是非。一緒にお散歩しましょう」

「じゃあ、どんな格好で合わせましょうか……？」

楽しげにこちらを向くマリーの背後、少女たちの笑い声が突然、賑《にぎ》やかにマルシェに響いた。

マリーも、七音美も、思わず声の方向に目を向ける。

そこには紺のスカートドレスの制服を着た六、七人の女子高生《リセエンヌ》の一群が、お喋りし、笑い、付いたり離れたりしながら、屋台の角を曲がって七音美たちのいる通りに姿を現したところだった。

仲間内でしか通じないような固有名詞やあだ名らしき言葉、擬音語などを口々に言いながら、腕を組み、ぶつかり合い、まるで若さの塊のような一群は楽しそうに七音美たちの脇を通り抜けてゆく。

振り返り、離れてゆく少女たちを眩《まぶ》しげに眺め、マリーはしみじみと言った。

「まさに花咲く乙女たち……ですね。コスプレで中世にタイムスリップはできても、あの頃にはどう頑張ったって戻れませんね。懐かしいなぁ……」

くるりと姿勢を戻し、再びマルシェを闊歩しながら、マリーは楽しげに七音美に話しかけた。

「そういえば、さっき市長と懐かしいお話をなさってましたね」

「懐かしい話？」

「五月革命の頃の連続女性誘拐事件の話です。……女子高生《リセエンヌ》の頃、私もその事件の噂を聞いて、昔の話なのに怖くなっちゃって、しばらく一人でショッピングができなくなった思い出があります」

「――？」

思わず歩みを止め、七音美はマリーの後ろ姿をまじまじと見つめた。

隣に七音美がいなくなったことに気づき、マリーは歩みを止めて振り返る。

「どうかしました？」

「……マリーさん、その話、もう少し詳しく聞かせてくれませんか？」

芝生の上のマルシェから、外界との境界、石柱が連なる回廊の庇《ひさし》の下に移動して、七音美とマリーは一台のベンチに並んで座った。

「マリーさん、ご存知のように私の最初の訪問先、カンヌで恐ろしい殺人事件が起きてしまって『オルレアンの聖女』の一行は予定通りにオルレアンに来られなくなってしまいました。……けど、私が一人になってもこの街にやって来たのは、犯人の卑劣な犯罪に負けたくなかったということと、犯人の手がかりが、もしかするとこのオルレアンにあるかもしれないと思ったからなんです」

遠くマルシェを眺める日陰の回廊で二人きり、七音美は噛《か》みしめるようにマリーに語る。

「でも、正直言ってどこに手がかりがあるのか、私には皆目見当がつきません。それで、市長にレジーヌの過去についてお尋ねしたら出てきたのが、あの、女ジル・ド・レの話、女性誘拐騒動の話でした。……市長からそれ以上聞けなかったけれど、もしあなたが何か知っているのであれば、協力すると思って、是非私に話して聞かせて欲しいんです」

「えーっと……」

困惑するように言葉を詰まらせ、マリーは言った。

「五月革命の頃っていう時期と、女性誘拐事件っていう共通点で、てっきりその話のことかと思ったんですけど、改めて考えてみれば、マダム・ブラパンと関係があることなのかどうかも判らないし、それに、この街にとってネガティブなイメージにつながる話を、市の職員の私がゲストのナオミさんにお話しして良いのかどうか……」

「大丈夫です。その話のせいでオルレアンのことを悪く思ったりはしないって約束するし、それに、マリーさんから聞いたってことも、絶対他の人には言いませんから」

「本当に？」

上目遣いでマリーはじっと七音美を見つめる。

「はい、本当に」

信用を促すように、七音美はマリーを見つめ返す。

「……」

しばらく黙って七音美と視線を交わし続け、そしてマリーは周囲に人がいないかを確認するように回廊の左右の先を見廻した。

七音美の耳元にそっと口を近づけ、マリーは声をひそめて囁《ささや》いた。

「高校《リセ》の同級生の叔母さんが、危ういところで難を逃れた被害者の一人だったそうなんですけど――」

4

受付係に案内された資料室は署の三階、書架と数台並んだ長机、その上に情報検索用の端末がぽつりぽつりと並んだこじんまりした部屋だった。

エミールを案内し終え、受付係は訪問客に引き続き渋面を見せるための持ち場へと戻って行った。

さて、どうしたものか――エミールは一人資料室を一望する。

窓からはサント・クロワ大聖堂の双塔が遠く見えている。

上階からは相変わらず間延びした金管楽器の音が響いてくる。

情報端末で過去のデータを検索するにも、キーワードはレジーヌ・ブラパン……その旧住所、犯罪歴、親族、その程度しか思い浮かばない。

こんなことなら予定通り七音美の警護をしていた方が正しい選択だったかもしれない――少しばかりそんな風に思いはしたものの、しかし、ブラパン家に対する何らかの怨恨を感じさせる犯人がオルレアンまで七音美の後を追い、彼女に危害を加える可能性はどう考えても低いはずだ。

そして、たとえカンヌ警察の通常捜査で犯人を特定できたとしても、ハサミへの執着、火刑台の見立て、『オルレアンの魔女』という言葉……それらの謎と動機を解かなければ、この事件はきっと本質的に解決することはない。

そのためにも、自分はここで何らかの手がかりを見つけなければならないのだ――。

考えられるキーワードで端末を叩《たた》き、関連すると思われる資料を書架に探し、色々な情報に当たっているうち、いつの間にか上階の騒音は聞こえなくなっていた。

オルレアン警察吹奏楽団はきっと祭りの会場へと向かったのだろう。

静かな資料室、検索の中からいくつか気になる情報に出くわしたものの、しかし決定的な「何か」は見つからない。

端末を前にエミールが深くため息をついたその時、ポケットの携帯電話が振動した。

画面を見ると、そこにはアモウ・ナオミの名前が表示されている。

エミールは素早くスピーカーを耳に付けた。

「クレールです。どうしました？」

〈――あの……ちょっと気になる情報を耳にしたので、ご連絡しました〉

何か問題が起きた訳ではないようだ。一安心し、エミールは応える。

「こちらも今、警察署の端末で色々情報に当たっているところです。検索の糸口はあればあるほど助かります。是非教えてください」

〈――実は五月革命の頃、この街で多くの女性たちが連続して誘拐される事件が発生したらしいんです〉

「ああ、マダム・ブラパンが屋敷に身寄りのない女性や少女たちを住まわせていたのが誘拐だと騒動になった件ですね。その話は私もこちらの資料で確認しました。警察の捜査では、特に事件性はなかったということですが……」

〈――いいえ、その件とは別の連続女性誘拐事件が、どうやらこのオルレアンの地下で、密《ひそ》かに起きていたらしいんです〉

「地下で、密かに起きていた――？」

奇妙な言い回しに引っかかり、エミールは七音美の言葉を繰り返す。

声をひそめ、七音美は語る。

〈――失踪する理由なんて何もない、普段と変わらない様子でショッピングに出かけた若い女性が突然失踪する事件が、当時この街で連続して発生していたそうなんです。恋人のショッピングに付き合ったある男性が、店の前で待っていても一向に恋人が出てこないので店に入って尋ねると、店員は「そんなお客は最初から来ていない」って……〉

一瞬の沈黙を挟み、七音美は続けた。

〈――外で恋人が待っていることを知らなかった犯人グループのミスと、即座に警察に駆け込んだ男性の機転のおかげで、試着室の鏡の裏から中世の地下道に続く秘密の通路が見つかったんだそうです。男性の恋人と他の誘拐された数人の女性たちは、外国に売り飛ばされる直前、間一髪で助け出されたそうです〉

「……」

〈……けど、地下牢《ちかろう》に閉じ込められた彼女たちは全員、逃亡の意志を殺《そ》ぐために髪を刈られ、坊主頭にされていたんだそうです〉

「……」刑事として最も気になる点を、エミールは問うた。

「その犯人グループというのは、どうなったんですか？」

〈――結局逮捕はされなかったらしいです。街の地下からロワール川に抜ける、被害者を国外に運び出す秘密のルートからまんまと逃げおおせたという説と、その犯罪組織の背後に街の有力者がいて、警察に圧力がかかったという説と……。助け出された被害者の女性たちも、将来悪い噂が立つのを恐れて、その後、事件について一切口を閉ざしてしまったというんです〉

「しかしそんな話、あなたはどこで、どうやって知り得たんですか？」

一層声をひそめ、七音美は言った。

〈――今日お友だちになった、市の職員の女性から……。彼女の同級生の叔母さんが、その被害者の一人だったというんです〉

「……本当でしょうか？」

〈――今すぐは難しいけど、彼女もその同級生に連絡を取って確認してくれると言っています。……それに、坊主頭、ハサミ、地下、そして、レジーヌにまつわる女性誘拐の噂、彼女の父、オーギュスト・ブラパンという悪名高い街の有力者の存在……全てが今回の事件に、何か関係している気がしてならないんです〉

七音美の口からオーギュスト・ブラパンの名前が出たことにエミールは驚いた。

レジーヌの親族についての検索で、最も膨大な情報に遭遇した彼女の父。大戦中のレジスタンスのリーダーの一人、そして、戦後の混乱を利用して「中央フランスの巨人」と言われるまでにのし上がった辣腕の政治家。

六十年代、彼がヨーロッパ・中東の裏社会と関係しているという噂は絶えず流れ、残念ながら検挙することはできなかったものの彼は間違いなく「黒」であった――警察の内部資料はそう断定・総括していた。

誘拐団の話はにわかには信じ難いが、もしそのオーギュストから裏社会につながっていく話なら、それはそれで全く無視することもできない。

考え込んで沈黙するエミールに、七音美は少し慌てた声で言った。

〈――私、そろそろメイン会場の観覧席に向かわないといけません。誘拐に使われていたそのお店の名前も場所も判らなくて、どれほどの手がかりになる情報かは判りませんけど、少しでもお役に立てればと思って……。行事が終わったらまたご連絡します〉

それだけ言って、七音美の声はエミールの耳元で途切れた。


さて、何をどう調べよう――。

デスクの上に携帯電話を置き、エミールは腕を組んで考え込んだ。

１９６８年、オルレアン、失踪、誘拐……そのあたりのキーワードで警察のデータベースを調べるか――。

しかし、七音美が言っていた一説のように、権力者オーギュスト・ブラパンの圧力に、もし警察が屈していたとしたら……。

フランス国の公務員として、そんなことは断じてないと信じたい。しかし、ほぼ黒と認定されながらも結局司直の手が及ばなかったオーギュストは当時の警察にとって危険で厄介な存在だったことは、まず間違いのないことだろう。

エミールの思考を遮るように、その時、外で空が裂けるような轟音《ごうおん》が響いた。

驚いて窓の外を見ると、赤、白、青――トリコロールのスモークを空に残し、署の上空からサント・クロワ大聖堂の双塔に向かって飛び去って行く八機の戦闘機の機影が見えた。

席を立ち、窓際に近寄って空を眺めるエミールの背後、突然甲高い声が響いた。

「あら？　今日は絶好のお掃除日和だと思ったのに、こんな日にも内勤してる呑気なお兄さんがいたのね」

振り返ると資料室の入口、三角巾を頭に巻いた初老の婦人――署の清掃員と思われる女性がモップとバケツを手に立っていた。

「吹奏楽団が出払ってくれたから、あの汚い子ども部室もやっと掃除ができて、残すはあとこの勉強部屋だけなの。いつも『うるさい』とか『気が散る』とか言われちゃって、人がいる時、ここはなかなかお掃除させてもらえないのよ。……お兄さん一人なら、今のうち、ちょっとお掃除をさせてもらっても良いかしら？」

喋りながら、婦人はエミールの方へと近づいてくる。

「あ、はい。どうぞ、私のことは気にせずに……」

答えるエミールの脇に立ち、婦人は窓の外、三色の雲を見上げた。

「……そろそろジャンヌが広場に到着ね。あの子たち、ちゃんと演奏できるかしら？」

まるで吹奏楽団の母親でもあるかのように、婦人はしみじみと言った。

5

　戦闘機が描いたトリコロールの雲の下、街の大通りが八方から集結するマルトロワ広場。

　凛々《りり》しいジャンヌ・ダルクの騎馬甲冑像の前、古楽隊のガボットに合わせ、中世装束の紳士淑女たちが踊るような足取りで優雅にメイン会場を通り過ぎて行く。

　広場を取り囲むようにして、立ち見の観覧客たちがフェンスの外に黒山の人だかりを作っている。

　ジャンヌ像の正面には市長や百人ほどの来賓たちが椅子に座ってパレードを観覧する貴賓席。その背後には小さなステージが組まれ、『オルレアンの聖女』のプロモーション一行が一堂に並んで座る予定だったその台上、七音美とマリーがぽつんと二人並んで椅子に座ってパレードを見物している。

　ステージは革命広場の処刑台をイメージさせる大きさで、そこに一人きりで座るのはなんとなくためらわれ、七音美は是非にと頼んでマリーに一緒に座ってもらった。「ここはゲスト席だから」とマリーは当然のように拒んだが、ゲストの案内係、パレードの解説役という名目で、七音美は半ば強引に新しい友人を舞台の上に引きずり上げた。

しかしいざパレードが始まると、広場の客たちは皆豪華絢爛《けんらん》なパレードに釘《くぎ》づけになり、ステージの上の七音美たちを気にする客はほとんどないに等しかった。単に高い位置から広場を見渡せる特等席と化したステージの上、マリーの遠慮は徐々に解け、いつのまにか楽しそうにパレードの見物と解説をし始めていた。

「……次はオルレアンの小学校《エコール》の子どもたち、かわいらしい中世の妖精たちの行進ですよ」

中世の紳士淑女が去った後、広場に登場したのはエルフのような格好をした男の子たち、妖精の羽をつけた女の子たち、そして、魔女や魔法使いのようなローブで扮装をした誘導の先生や保護者たち。

七音美たちの前方、貴賓席の最前列では市長が未来の有権者たちに抜かりなく愛想を振りまいている。ステージを見上げて元気よく手を振ってくれる子どもたちに、七音美とマリーも思わず笑顔で手を振って応える。

青姿の騎士たち、馬上の貴族たち、ベールを垂らした貴婦人たち……子どもたちの後にも華やかで美しい中世の行列が続き、広場の熱気はますます盛り上がってゆく。

「……まもなくパレードの主役の登場ですが、その先駆け、次は軍楽隊の入場です」

中世の行列が途切れ、大通りの方から典礼用の制服に身を包んだ軍楽隊の一群が整然と隊列を組み、古楽風のマーチを演奏しながらマルトロワ広場に入場した。

士気高揚のプロフェッショナルの演奏はやはり巧みで、それまでの観客たちの混沌《こんとん》とした熱気は、まるで一流の指揮者のタクトにからめ取られるかのように一つの大きなうねりに纏《まと》められてゆく。

「なんだか気分が昂《たか》まりますねー！」

推しの舞台にでも見入るように、マリーは一糸乱れぬ軍楽隊の行進をうっとりと眺めている。

音楽家の七音美が聴いても、たしかに彼らの演奏技術と表現力は並ならぬものではあった。

しかしそれ以上に、その音楽には聴く者の心を高揚させずにはおかない不思議な力が隠れていて、七音美にはそれがなんだか少し恐ろしく感じられた。

「……軍楽隊が『ラ・マルセイエーズ』を演奏する訳じゃないのね」

つぶやく七音美に、マリーは楽しげに応える。

「彼らの演奏じゃ完璧過ぎて、観客の皆さんが気軽に合唱できないからじゃないですかね？　国歌は、ジャンヌの登場の時、あそこに待機しているオルレアン警察吹奏楽団が演奏します」

マリーはジャンヌ・ダルク像の斜め後ろを指さした。

軍楽隊が行進を続ける広場の向かい側、観覧エリアを区切るフェンスともう一列並べられたフェンスの間、ピットのようになったエリアに軍楽隊とは別の制服姿の男性たちが楽器を抱えて出番を待っている。

去ってゆく軍楽隊の後ろ姿を見送ろうとするフェンスの向こうの観客たちが、ピットの楽団員を邪魔そうに体を左右に動かしているのが可笑《おか》しい。

「――？」

遠ざかる軍楽隊に多くの観客たちが視線を送る中、フェンスの向こう、ただ一人一直線にこちらを見つめる視線に七音美は気づいた。

現代の姿、中世の扮装をした姿、老若男女、色とりどりの人間の顔……視界の中にあまりにも沢山の情報が詰まっていて、七音美の脳は数秒間、その顔がただの人間の顔ではなく、銀色に鈍く輝くあの女の仮面であることをうまく認識することができなかった。

「……！」

七音美が驚いて腰を浮かせるより一瞬早く、ステージ前、貴賓席の人々がパラパラと起立を始めた。

興奮気味にマリーが七音美に声をかける。

「さぁ！　救国の乙女、ジャンヌ・ダルク役の少女がいよいよ白馬に乗って登場です！　ナオミさん、出番です。ご起立をお願いします！」

「……あ、はい」

言われた七音美はマリーと共に席を立った。

そして再び鉄仮面がいた方向を見た。

しかし大勢の人混みの中、再びその顔を見つけることはできなかった。

軍楽隊が広場を退出し、音楽の消えたマルトロワ広場、貴賓席中央の市長が胸に手を当て、高らかに声を上げた。

「フランス万歳《ビーヴ・ラ・フランス》！　乙女万歳《ビーヴ・ラ・ピュセル》！　勝利万歳《ビーヴ・ラ・ヴィクトワール》！」

貴賓席の全員、そして観覧席の中からちらほらと唱和の声が響く。

「——フランス万歳《ビーヴ・ラ・フランス》！　乙女万歳《ビーヴ・ラ・ピュセル》！　勝利万歳《ビーヴ・ラ・ヴィクトワール》！」

オルレアン警察吹奏楽団の指揮者がタクトを振り上げ、金管楽器が『ラ・マルセイエーズ』の前奏をのんびりとしたテンポで演奏し始める。

マリーが渡してくれたソリスト用のバインダーを開き、目の前のジャンヌ・ダルク像を見上げ、七音美は広場の人々と共に『ラ・マルセイエーズ』を歌い始めた。

いざ祖国の子らよ
立ち上がる時は来た
暴君は我らに向かい

血染めの旗を振り上げる
敵兵たちは怒号を上げて押し寄せる
我らと家族の喉笛を切り裂きに

合唱パートになり、隣のマリーも高らかに声を合わせた。


武器を取れ、市民よ！

整えよ、隊列を！

進め！　進め！

敵の血で我らの畝《うね》を浸すまで！


吹奏楽団の間奏が続く。

広場を見渡すと、観客の多く、そして貴賓席の人々が数人振り返って呆然と七音美の顔を見上げている。オペラの舞台や演奏会のステージの上のように、高らかに歌い上げたのは少し場違いだっただろうか……。

七音美の思いを遮るように、マリーは興奮した様子で語りかけてきた。

「すごい！　ナオミさん！　あなたの素晴らしい歌声にみんな感動してますよ！」

それを証明するように、呆然と七音美を見上げていた観客たちは我に返ったようにステージに向かって拍手を送っている。

「……さぁ、ジャンヌが入場してきました！」

マリーの声とともに、更なる大きな拍手と歓声が広場に沸き起こった。

白馬の上、銀色に輝く甲冑で身を固め、兜《ヘルム》は被らず素顔を出した金髪の美少女。

小姓、旗手、騎士たちに周囲を守られ、切先側を手に持って、まるで十字架のように高く剣を掲げ、ジャンヌ・ダルクは堂々と広場に入場した。

貴賓席の前まで進んだジャンヌに、市長は再び万歳を叫ぶ。

「フランス万歳《ビーヴ・ラ・フランス》！　乙女万歳《ビーヴ・ラ・ピュセル》！　勝利万歳《ビーヴ・ラ・ヴィクトワール》！」

七音美以外、ほとんど全ての観客たちがその声に唱和した。

「――フランス万歳《ビーヴ・ラ・フランス》！　乙女万歳《ビーヴ・ラ・ピュセル》！　勝利万歳《ビーヴ・ラ・ヴィクトワール》！」

広場に渦巻く熱狂に、呼応するように、負けぬように、七音美は情熱を込めて『ラ・マルセイエーズ』の続きを歌った。

聖なる愛国心よ、われらに復讐《ふくしゅう》を遂げさせ給え

自由よ、ああ、愛しき自由よ
自由の女神の庇護《ひご》のもと、我ら共に戦わん
御旗の下、勝利は我らに
自由の勝利と栄光を仰ぎ見て
敵は無残に死にゆくのだ！

貴賓席の正面で馬を止めたジャンヌは七音美を見上げ、感動と敬意を表すように甲冑の胸に手を当てて微笑んだ。
乙女の美しさ、神々しさに心震え、七音美は人々と共に感極まって合唱した。

武器を取れ、市民よ！
整えよ、隊列を！
進め！　進め！
敵の血で我らの畝を浸すまで――

6

風に乗って、マルトロワ広場の喧騒が聞こえてくるような気もする。
こないような気もする。静かなオルレアン署の資料室。
端末との不毛な戦いに疲れ、エミールは目頭を揉《も》んで天を仰いだ。
「あら、クレール警部補、目がお疲れになったの？　だったら目頭を押さえるよりも、耳の後ろ……ここに目の疲れをとる東洋のツボがあるそうよ」

エミールの三つ前のデスク、ラカン夫人は雑巾をかける手を止めて横を向き、自らの後頭部、首の付け根のあたりを指さして見せた。

いつもうるさいと言われてこの部屋の掃除ができない——という夫人の言葉を、エミールはてっきり掃除の騒音の話だと思っていた。が、そうではなく、それはお喋り好きな夫人の「性格」の話だったということを、エミールは小一時間、身をもって知ることになったのだった。

掃除をしながら、エミールの名前、所属、階級、どうしてオルレアンに来たのか……その他諸々の情報を、仕事の邪魔になるかならないか絶妙な塩梅《あんばい》で話しかけて聞き出す夫人には、清掃員以上に間違いなく刑事向きの才能があった。

一方的にエミールの情報を聞き出すだけではなく、自分の情報もほどほどの匙《さじ》加減で語るテクニックも申し分ない。夫人はほんの短い時間の間、まるでお互い古い付き合いのような人間関係をエミールとの間に築くことに成功していた。おかげでエミールはフランシーヌ・ラカンという彼女の「平凡な」名前、七十七歳という「まだまだいけてる」年齢、そして、若い頃はジャンヌ・ダルク祭のジャンヌ役の候補に選ばれた「元オルレアン小町」だったという情報までをも知るに至っていた。

お勧めの東洋のツボを押すこともなく、ぼんやりと天井を見つめるエミールに、夫人は呆れたように笑って言った。

「けれど東洋のツボ以上に疲れを癒す特効薬は、探している情報が見つかることに違いないわね。……でも、あんまり根を詰め過ぎちゃダメよ」

朗らかに言い、夫人は機嫌良く拭き掃除の続きを始めた。

夫人の言葉に皮肉めいたニュアンスは皆無なのに、なんとなく引け目を感じてしまうのはエミールの調査が行き詰まっているからなのだろう。

五月革命の年、１９６８年。念のため、その前後三年間ほど。エミールはオルレアンの街で発生した誘拐事件、失踪事件の履歴を調べ続けたが、誘拐に該当する事件はそもそもゼロ、失踪事件も一つ一つその後の経過を辿《たど》ってみれば、一時的な家出と思われるものがほとんど。若い女性が大量に失踪するという事件がこの町で発生した形跡はほぼ皆無と見て間違いなかった。

権力者オーギュスト・ブラパンの政治的影響力はエミールの想像以上で、本当に警察の記録は改竄《かいざん》させられてしまったのだろうか？　あるいはその娘、レジーヌ・ブラパンが身寄りのない女性たちを屋敷に住まわせていたのは、失踪届が出されることのない被害者をこの街に集めるための作戦だったのか……？

「……マダム・ラカン」

掃除にいそしむラカン夫人に、エミールはなんとなく声をかけた。

「何です？」

テーブルを拭きながら、夫人は片手間に応える。

「あなたはオルレアン生まれ、オルレアン育ちだと仰言ってましたよね？」

「ええ。間違いなく私は生粋《きっすい》のオルレアンっ子ですよ。それが、何か？」

「五月革命の頃も、あなたはこの街にいらっしゃいましたか？」

「ええ、もちろんいましたよ」

「その頃、この街で女性が誘拐される事件が頻発した、なんてことは……ありませんよねえ？」

夫人の明るい否定で鬱々とした気分を吹っ切ろう――エミールはなんとなく思っていた。

しかし、目の前の夫人は思いもよらぬ反応を見せた。

リズミカルに雑巾を動かしていた手をピタリと止め、夫人はゆっくりとエミールに顔を向けた。それまでの呑気で明るい笑顔は夫人の顔から消え失せていた。

真顔でじっとエミールを見つめ、夫人は噛みしめるように言った。

「クレール警部補、あなた……もしかして、今調べてることって……」

尋常ではない夫人の反応に息を呑《の》み、エミールは姿勢を正す。

「五月革命の頃、この街で連続して起きたという女性誘拐事件についてです。いくら端末を叩いても、それらしき事件の痕跡は何一つ出てこなくって……」

「それは……そうでしょうね」

歯切れの悪い口調で、困惑したように夫人は言った。

「マダム・ラカン、あなたは何かをご存知なんですね？」

掃除のため前屈みになった姿勢をゆっくりと起こし、夫人はエミールを真正面に見据えた。

「……あの忌まわしい事件、この街の恥ずべき歴史。今なら私も、冷静にお話しすることができるかもしれないわね。良ければ、お話ししましょうか？」

「是非！」

跳び箱のようにテーブルを叩き、エミールは勢いよく前に身を乗り出した。

7

　大聖堂へとジャンヌの行列が去って行き、マルトロワ広場の観覧イベントは無事終了した。

　市長はじめ貴賓席の人々は退場前に振り返ってステージを見上げ、七音美に向かって盛大な拍手を送った。三々五々会場を後にする一般客たちも、近くから遠くからステージに近づき「素晴らしい歌でしたよ！」「オペラもきっと聴きに行くわね！」「写真撮らせてください！」と七音美に明るい声をかけた。できれば七音美もステージを下りて人々と親しく交流したかったが、群衆の中に見かけた鉄仮面の存在が気になり、人ごみの中に下りるのがなんとなく怖い。結局ステージ際で膝を曲げ、握手を求める人には握手を、賛辞を送ってくれる人には感謝の言葉をそれぞれ返し、そうこうしているうちにステージの周りの人影も徐々になくなっていった。

「プロモーション、大成功ですね！　おかげさまでお祭りも例年になく盛り上がりました。ナオミさん、本当にありがとうございます！」

　二人残ったステージの上、マリーは感激を隠せない様子で七音美を見つめた。

「こちらこそ、素敵なお祭りに参加させていただけて本当に楽しかったです。来年はきっと、一緒にマルシェでコスプレしましょうね」

「ええ、是非！」

七音美が差し出した握手の掌をギュッと握り、マリーは頬を赤らめ視線を落とした。

「あの、ナオミさん……。今日はこのあと、どんなご予定ですか？」

「最終のフライトでカンヌに戻るつもりなので、六時半にはこの街を出発する予定です」

「じゃあ、あと二時間ぐらいですね。……ナオミさん、もし良ければご一緒に軽くお食事なんていかがですか？　街のレストランはこれからどこも観光客で満席になってしまうと思うので、地元でも知る人ぞ知る隠れ家的なビストロに、良ければご案内させてもらえたらな……って」

「嬉しいわ！　是非お願いします。別行動している同行者も誘ってあげて良いかしら？」

「もちろんです！　どこで合流しましょうか？」

「じゃあ、住所をメールして、そのお店に来てもらいましょうか。彼、まだ仕事をしているかもしれないし――」

七音美はステージの椅子の脇に戻り、背に立てかけていたハンドバッグからスマートフォンを取り出した。サイレントモードにしていた画面にはこちらからメールするよりも先に、エミールから数分前にメールが届いたことを示す通知が表示されていた。

「……あら、ついさっきメールが届いてたみたい。ちょっと確認しますね」

ロックを解除し、七音美はエミールからのメール画面を開いた。

ようやく事件の核心に到達することができました。

やはりこのオルレアンの街の過去に、今回の事件につながる因縁が隠されていました。

それはフランスの恥ずべき歴史、フランス人が過去に犯した残酷な罪を発端にした、あまりにも暗く、恐ろしい出来事でした。

今、犯人を特定するため各方面に照会を依頼中です。

とてもメールでお伝えできるような内容ではないので、詳しくはまた改めてお伝えします。

どちらにお迎えに行けば良いか、時間と場所をご指定ください。

エミール・クレール

*

マリーから教えてもらった店の住所をエミールにメールして、七音美とマリーは広場を出発、観光客の姿もまばらな住宅街方面に向かって歩き始めた。

住宅街といっても中世の城壁内、古風なアパルトマンが両側に聳える歴史ある石畳の道。背の高い建物に挟まれたクレバスのような通りに、早くも翳《かげ》り始めた陽光は全く差し込んでこない。全ての色がグレーがかった薄暗い街角を、お祭り帰りの二人は今日の出来事をしみじみと思い返し、穏やかに語り合いながら進んだ。

「怖い事件が起きてるカンヌに戻らず、しばらくここでのんびりなされば良いのに……」

名残惜しそうに言うマリーに、七音美は歩きながら微笑む。

「そうしたいところだけど、同行の刑事さんがどうやら事件の手がかりを摑《つか》んだみたいなの。早くカンヌに戻って、レジーヌを安心させてあげないと……」

「え？　同行の方って刑事さんだったんですか？　私、てっきり恋人さんなのかと思ってました。……あ、でも刑事の恋人さん？　そんなパターンもない訳じゃないですよね」

「え？――」冗談めかしたマリーの言葉に、七音美は思わず歩みを止める。

落ち着いた雰囲気、穏やかな人柄のエミールに、七音美はたしかに好感を持っている。今回のオルレアン行で、より深い信頼関係を築けつつある気もする。

舞台の上ではいつも、愛に生き、歌に生きているのに、ここ数年は仕事にばかり打ち込んで、七音美は恋愛感情というものを実生活では随分久しく忘れていた。彼への好感は、果たして恋愛と言えるような種類のものだったろうか……？

「あ、すいません、余計なこと言っちゃって……。お気を悪くなさいました？」

心配そうにこちらを向くマリーに、我に返った七音美は大きく首を横に振った。

「いいえ、全然。刑事さんは刑事さん。素敵な人だけど、残念ながら恋人じゃないのよ」

「素敵な人なんですね。お会いするの楽しみだな」

再び歩き出し、マリーは少し先にある建物の角、ジャンヌ・ダルクらしき石像を指さした。

「あの像がある角を曲がった袋小路の突き当りが目当てのお店です。アパルトマンの地下にあって、玄関のオートロックを中から開けてもらわないと入れない、本当に隠れ家みたいなお店なんですよ。……あ！」

突然声を上げ、マリーは立ち止まって通りの先を睨《にら》んだ。

驚いてその視線の先を追ってみると、ワンブロックほど先、ドリンクのカップらしきものを路上に置き捨てて去って行く小学生ぐらいの少年たちの後ろ姿が見えた。

少年たちをじっと見据え、怒りに震えるような口調でマリーは言った。

「近頃は観光客もちゃんとマナーを守ってくれるのに、あの子たちったら……。市の職員として、ちょっと注意してきます！　すいませんがお店の前で少し待っててください」

ツカツカとマリーは歩き出し、「ちょっと君たちー！」と声を張り上げて少年たちの方に走って行った。

チャーミングで真面目な市の職員の後ろ姿を微笑ましく見送り、七音美はマリーの言う通り店の前で待とうと石畳を歩み出した。

建物の角、兜《ヘルム》を着けず甲冑姿で祈るジャンヌの立像。おかっぱ頭のその像は少女らしく穏やかな表情で、冷たく無表情な広場の銅像とは随分印象が違う。愛らしいその顔に注ぐ視線を軸にするようにして、七音美は建物の角を曲がった。

曲がった先は十五メートルほどの袋小路。

その突き当り、アパルトマンの玄関の横には何も飾られていない空白のショウ・ウインドウ。袋小路の奥に商店があることに七音美はなんとなく違和感を覚えたが、周りに人が住む地区なのだから、それはそれほど特殊なことでもないだろう。ただ、現在空きテナントになっているその店舗の空のショウ・ウインドウは、人の気配のない小径になんともいえない寂しさ、不気味さを加味することにむしろ大いに貢献していた。

袋小路の中程まで進んだ時、七音美の背後で「コツン――」と石畳を踏む靴の音が響いた。少年たちへの説諭を手短に終え、マリーが戻ってきてくれたのだろう。一人で先に進む必要もない――七音美は立ち止まって振り返った。

「――！」

七音美は声を失った。

袋小路の入口、細い小径の真ん中に立っていたのはマリーではなく、あの不気味な鉄仮面を着けた白いワンピースの女だった。

女はこちらに向かってゆっくりと歩き出す。

道の先は袋小路だが、女から逃げるにはその道しかない。

七音美はアパルトマンの玄関目指して全速力で駆け出した。

七音美が走り出した直後、背後の靴音も速いテンポを刻み始める。

アパルトマンの玄関ドアに体当たりするように手をつき、七音美はドア脇のオートロックパネル、呼び出しのボタンを連打した。しかし、目当ての部屋番号を押さなければ呼び鈴は機能しない。

呼び出しボタン横の数字パネルをでたらめに押し、七音美はボタンの連打を繰り返す。

背後の靴音は間近に迫っている。

自分の人生の終わりを覚悟した時、七音美の咽喉は無意識に震えた。

「――助けて!!」

人生で最初、そして最後になるかもしれない、七音美の咽喉から自然に飛び出した叫び声はフランス語でもイタリア語でもなく、日本語の絶叫だった。

8

マダム・ラカンに感謝の言葉と別れを告げ、無愛想な受付係に微笑みの挨拶を送り、エミールはオルレアン署の玄関を出て駐車場へと向かった。

レンタカーの運転席に乗り込んだその時、ポケットの携帯電話が震えた。

取り出した画面に表示されていたのはブノワ警視の名前だった。

「はい、クレールです」

〈――ご苦労。どうだ、その後の状況は〉

「先の報告の後に特に動きはありません。今からマダム・アモウを迎えに行くところです。可能な限り早くそちらに戻ろうと思っています」

〈――そうか。こちらでは一つ二つ明らかになったことがある。……まず、ゴールドスタインとレベッカの所在が判明した〉

「彼らはどこに？」

〈――サント＝マルグリット島から戻ったカンヌの街で、以前からアプローチをかけていた出資者と出くわして、そのまま一緒にヴェルドン渓谷の別荘へ小旅行に出かけていたらしい〉

「ヴェルドン渓谷？」

〈――水が綺麗《きれい》な南仏の『パワースポット』なんだそうだ。スピリチュアル・マニアのその富豪の指示で、清浄な場の空気を乱すからといって携帯電話の電源を切らされていたらしい。富豪その他の同行者の証言もあり、それはどうやら間違いのないことのようだ〉

「もう、彼らは事件とは完全に無関係と考えて良さそうですね」

〈――そうだな。……レジーヌのフィルムを部屋から持ち出した防犯カメラのレベッカ似の女も、以前の録画と比較検証したところ、変装したアリアーヌに間違いないことが判明した〉

「やはり……アリアーヌでしたか」

今までに得た情報と、辿り着いた真相から論理的に考えて、女の正体はアリアーヌ以外にないことはエミールも既に判っていた。ただ、彼女にそれを指示した真犯人が誰なのかは、現在照会中の情報が明らかにならなければ特定はできない。

「例の照会の方は、どんな状況でしょう？」

〈――ああ、複雑な手続きが必要な機関に関しては、関係省庁にも働きかけて至急の対応を依頼しているところだ。おそらく今日中には回答を得られると思う〉

「そうですか。ありがとうございます」

エミールはダッシュボードの時計を確認する。

　思ったよりも早くナオミと合流できるから、何便かフライトを前倒しできそうだ。

「……では、なるべく早くそちらに戻るようにします。到着時間がはっきりしたら、またご報告します。……ところでブノワ警視、一つお願いがあるのですが」

〈――なんだ？〉

「もし私が戻る前に照会の回答が得られたなら、事件の関係者全員をマダム・ブラパンの部屋に集めるように手配していただけないでしょうか？　武器など携帯しないよう、充分に注意した上で」

〈――それは、なぜ？〉

「犯人はかなり際どい綱渡りをして、今回二件の殺人の目的を成し遂げています。遅かれ早かれ、警察の通常捜査の範囲で自分が特定されることはきっと覚悟の上でしょう。犯人の逃亡や自死を防ぐため……そして、こんな事件を起こした理由を犯人が素直に告白できるのは、おそらく『オルレアンの聖女』の関係者の面前しかないと思うんです」

　しばしの沈黙を挟み、電話の向こうのブノワは応えた。

〈――判った。可能な限り取り計らおう。到着時間が判ったらなるべく早く教えてくれ〉

「ありがとうございます」

〈――じゃあ、引き続きプリマドンナの護衛をよろしく頼むぞ〉

「了解しました。……まぁ彼女の身に特別な危険が及ぶ確率は、今となっては限りなくゼロですけどね」

エミールはおおらかに笑った。

9

「びっくりさせちゃって、本当にすいません！」

仮面を取って深々と頭を下げる高校生ぐらいの少女の姿を、七音美は呆然と眺めた。

その背後、袋小路の先の道に姿を現したマリーと少年たちがこちらに向かって一目散に駆けて来る。

「ナオミさん！　どうしたんですか！」

仮面を外した少女の脇に立ち止まり、マリーは膝に手をつき肩で息をしながら七音美に問うた。空のカップを手にした少年たちも、その背後で心配そうに七音美の顔を見つめている。

「……」

まだ言葉を発することができず、アパルトマンの玄関ドアの前に立ち尽くす七音美に代わり、仮面を外した少女が皆の顔を見比べるように首を動かし説明した。

「私、オルレアン音高の二年生、ロロット・デュアメルって言います。私、ナオミさんのファンなんです。広場で素晴らしい歌を聴けて心から感動して、そして、お祭りの帰り、たまたま姿を見かけたんでご挨拶と、サインをいただけたらな……って」

七音美の悲鳴の理由を察した様子で、マリーは少女が手にした仮面を指さした。

「それは良いけど、どうして、そんなもの着けたまま追いかけたりしたの！」

「すいません……。コスプレＯＫのお祭りの浮かれた気分のまま歩いてて……。私の姿を見たナオミさんが凄くびっくりしちゃったことで私も逆にびっくりしちゃって、事情を説明しようと慌てて後を追いかけたら、もっとびっくりさせちゃって……本当にすいませんでした」

「もう！　うちの街の若い子たちときたら！」

ロロットと少年たちを睨み、マリーは七音美に頭を下げた。

「ナオミさん、驚かしてしまって本当にすいませんでした。この子たちに代わって、市に代わって、私が心よりお詫《わ》び申します」

マリーの背後、少年たちは顔を見合わせ「俺たち関係なくない？」と囁き合っている。

少年たちはもちろん、ロロットも、代わりに謝罪してくれているマリーも、目の前に悪意の人間は一人もいない――その事実を完全に呑み込み、七音美の動悸《どうき》はようやく治まった。

「いえ、こちらこそ皆さんにご心配をかけちゃって……。本当にごめんなさい」

一段落した路地とは逆に、左右のアパルトマン、上階の窓がいくつか開き「どうしたの？」「何があった！」と騒々しい声が袋小路に響き始める。

マリーが袋小路の中央に進み、上を見上げて「すいません！　ちょっと誤解があっただけで、もう大丈夫ですからー！」と声を上げて対応してくれる。

目の前で委縮しているロロットを安心させるため、七音美は穏やかに微笑んだ。

「ロロットさん、もう心配しないで。叫んだりして、私の方こそびっくりさせちゃってごめんなさい。……ところで、その仮面なんだけど、ちょっと見せてもらえないかしら？」

「え？　これですか？」

ロロットは手にした仮面を七音美に渡した。その仮面に重量はほとんどなく、改めて見るまでもなく、それはプラスチックにメタリックな塗装をしたおもちゃの仮面だと判った。

「これ、どこで手に入れたの？」

「アニメや映画、コスプレ用のグッズを売ってるパリのお店のネット通販で買いました」

「よく売ってるものなのかしら？」

「ジャンヌ・ダルク、仮面、とかで検索するとたまにヒットします。なんでこんな気味悪い仮面が商品になってるのかは、よく判りませんけど……」

「あなた自身も気味悪いと思う仮面で、どうしてコスプレなんか？」

「それは……」

恥ずかしそうに俯《うつむ》き、ロロットは答えた。

「私、ナオミさんだけじゃなく、日本のカルチャー、マンガやコスプレも大好きで……その……日本で言うところの『チュウニ』の心……みたいな？」

*

サインをもらって舞い上がるロロット、元気に手を振る少年たちに別れを告げ、七音美とマリーはアパルトマンの地下、テーブル席六つほどのこじんまりとしたビストロに入店した。知る人ぞ知る店というマリーの言葉どおり、七音美たちの他には二組だけ、落ち着いた雰囲気の中で静かにワインを楽しんでいる。

着席した円卓の真ん中にロロットがプレゼントしてくれたジャンヌの仮面を置き、マリーお勧めのオルレアン・ビネガーを使ったイワシのマリネ、キッシュ、ガレットなどをアラカルトで注文する。

料理がテーブルに並び始めた頃、エミールが店に姿を現した。

一直線に七音美の前まで進み、エミールは和やかに微笑んだ。

「おつかれさまでした。オペラのプロモーションは上手くいきました？」

「ええ、おかげさまで」

分かれてから再会まで半日も経《た》っていないのに、随分久しぶりに顔を見るような気がする。

ほっとして微笑む七音美の隣、マリーは瞳を輝かせてエミールを見上げている。

七音美の紹介でマリーとの挨拶を終え、着席したエミールはテーブルの中央に置かれたジャンヌの仮面をじっと見つめた。

「これは？……例の、あなたが言っていたジャンヌの顔の鉄仮面……のように見えますが」

「色々あって手に入ったんですが、これ、ネットショップでも買えるおもちゃのお面だったようなんです」

七音美の説明を受け、エミールは仮面を手に取った。

「監獄要塞に現れた女の仮面、アリアーヌ嬢が最期に着けていた仮面……いずれもこれと同じものだったんでしょうか？」

「ええ、多分……」

「たしかにこれじゃ、燃えてしまって火刑台には残りませんね」

鉄のように塗装された表面、プラスチックそのままの裏面、エミールは裏表を見返して仮面を元の位置に戻した。

「マダム・アモウ、一時間後ぐらいにここを出れば、予定より一便早くカンヌに帰り着くことができます。そして、そこでこの事件は解決を迎えることになると思います。マリーさんには悪いんですが、今夜の会食は少し早めにお開きにしていただけないでしょうか？」

申し訳なさそうに言うエミールの言葉を受け、七音美も悲しげにマリーを見た。

「そういう事情みたい。でも、あと一時間ほどはご一緒できるから……。ゆっくりお喋りするのは秋のオペラ座の舞台の後ってことでどうかしら？　今日のお礼に是非『オルレアンの聖女』の公演にあなたをご招待させてください」

「お礼だなんてとんでもない――」目を丸くして、マリーは顔の前で掌を振った。

「でも、そんな風に言っていただけて本当に嬉しいです。ありがとうございます」

背筋を伸ばすマリーが愛らしく、七音美はふふふと笑ってしまう。

「……そんなにかしこまらないで。あなたはもう、私の大切なお友だちなんですから」

「私が、ナオミさんのお友だち……」

ぼうっとするマリーを微笑ましげに眺め、エミールは七音美に声をかけた。

「あなたが例の話を聞いたお友だちは、じゃあ、こちらのマリーさんだったんですね」

マリーとの約束を思い出し、七音美はハッとする。

「あ……。ごめんなさい。名前は伏せてたのに、紹介したら誰だか判っちゃいましたよね……。

でも、事情が事情だから、どうか許して」

よく判っていない様子で首を傾《かし》げるマリーに、七音美は改めて説明する。

「前にも言ったように、カンヌで起きている事件の秘密がこの街に隠されているかも知れないと思って、私は無理を言ってクレール刑事について来てもらったの。だから、何かの手がかりにならないかと思って、あなたから聞いた誘拐事件の話をクレール刑事にお伝えしたの……」

「ああ、そんなの全然――」マリーは再び顔の前で掌を振った。

「私も『人には絶対話しちゃいけない』って言われて教えてもらった話なんで、だから、どちらかというと私の方がずっと罪が深いと思います。……だから、全然気にしないでください」

「ありがとう。でも、あなたの情報のおかげで、クレール刑事は事件の核心に辿り着くことができたみたい。……ですよね？」

「ええ……まあ、糸口にはなりました」

エミールの煮え切らない口ぶりを不審に思う七音美の隣で、マリーは目を爛々《らんらん》と輝かせた。

「じゃあ、やっぱりブティックの誘拐組織の話は本当だったんですね！　もっと情報が必要なら、その話を聞かせてくれた被害者の姪《めい》っ子に今すぐ詳しい話を聞いてみますよ！」

携帯電話を探すように、マリーは脇に置いたハンドバッグをかき回し始めた。

しばしその様子を眺め、エミールはぽつりと言った。

「いや……。そのお友だちに確認しても、帰ってくる答えはもう判っていますよ」

「――？」

電話を探す手を止めたマリー、そして七音美はエミールの顔を見つめた。

確認するように二人の顔を見渡し、エミールは台本でも読むように淡々と言った。

「――あの話、本当は私の叔母さんの話じゃなくて、私の友達の叔母さんの話だったの」

「……」

しばし続いた沈黙を破り、マリーはエミールに問うた。

「それはつまり……どういうことでしょうか？」

「五月革命の頃、正確には１９６９年。この街で発生したのは『女性連続誘拐事件』ではなく、『女性連続誘拐事件が地下で秘かに起きている』という噂が街に拡がり、あわや暴動寸前の集団ヒステリー状態に陥ってしまった――という一風変わった事件だったんです」

「じゃあ、当時この街で誘拐事件は……」

呆然とつぶやくマリーに、エミールはきっぱりと答えた。

「一件も発生してはいません。政治家の圧力で警察の記録が改竄された訳でもありません」

「でも……。友達から聞いた話は、とてもリアルで、薄気味悪くて……」

「だからこそ、当時オルレアンの女子高生《リセエンヌ》の間でその噂は爆発的に流行し、街を揺るがす大騒動にまで発展したんだと思います。丁度その頃娘さんが女子高生だったという婦人から、今日、私は詳しく当時の話を聞かせてもらうことができました」

一拍置いて、エミールは続けた。

「マフィアが経営するブティック、あるいは靴屋の試着室に入った女の子が催眠ガスで眠らされ、この街の中世の地下道からロワール川経由で外国の売春窟に売り飛ばされている――そんな噂がその年の五月、リセエンヌたちの間で囁かれだしたんだそうです。……性的でいかがわしい噂話を教育上良くないと考えた教師や親たちがその流行を躍起になって止めようとしたところ、『大人たちが真実を隠している』と少女たちは一層不安に陥り、噂は異常な速さで街全体に拡散してしまったというんです」

見比べるように七音美とマリーの顔を見渡し、エミールは続ける。

「リセエンヌの噂の時点では『あるブティック』『ある靴屋』と囁かれていたものが、いつの間にか実在のブティック、実在の靴屋の名前で伝えられるようになり、そして、人々は恐怖と好奇の目でそれらの店を遠巻きに眺めるようになったといいます。しかも、それらは全てユダヤ人が経営する店でした――。街の空気は日に日に殺伐としたものになってゆき、そして、平和なフランスの地方都市に、思いがけない反ユダヤの『魔女狩り』の狼煙《のろし》が上がりました」

「そんなことが……」

思いもよらない話の展開に、七音美は呆然とつぶやいてしまった。

「……この街の人間なのに、私、そんなことがあったなんて全然知りませんでした」

同じく呆然と言うマリーに、エミールは少し声のトーンを落として語った。

「事実無根の噂に翻弄され、あわやユダヤ人商店を襲撃する寸前まで突き進んだ当時の自分たちを恥じ、その後、この街でその話はなんとなくタブーになってしまったんだそうです」

「……けど、その『魔女狩り』は、結局どうなってしまったんですか？」

心配そうに尋ねるマリーに、エミールはなおも声低く語る。

「噂は二つの陰謀論を生み出しました。誘拐はユダヤ人の組織的犯罪だという『陰謀論《レジャンド》』。ナチの残党がユダヤ陰謀論を広めているという『反・陰謀論《アンチ・レジャンド》』……それぞれを信じる人たちが反目し合い、人心は分断され、街は暴動寸前の集団ヒステリーのパニック状態に陥ったといいます。しかし、六月になって反人種差別団体による非難声明が新聞に掲載され、『オルレアンで誘拐事件は一切起きていない』という行政の公式発表もあり、そもそも事実無根だった噂は急速に影をひそめてしまった——それでおしまい《セ・フィニ》です」

両肩をもち上げて見せ、エミールは声を元の調子に戻した。

「エドガール・モラン博士という社会学者がこの一連の事件を研究し、『オルレアンのうわさ』という一冊の本を書いています。警察の資料室にもその本があることを教えられ、私は少しそれを読んでみました。……近親者からの伝聞としてまことしやかに広まり、しかし辿って調査すれば、情報源は蜃気楼《しんきろう》のようにどんどん遠ざかってゆき、結局何の事実も存在しない噂――研究の中で、モラン博士はそれを『都市伝説《レジャンド・ウルベーヌ》』と命名していました」

「都市伝説――」七音美は思わずつぶやいた。

「その言葉のルーツが、このオルレアンの街にあったなんて……」

　エミールは静かに頷く。

「元祖都市伝説の『オルレアンのうわさ』は時代を超え、国境を越え、様々なバージョンに変奏し、今なお増殖し続けているといいます。パリのブティックで新婚旅行中の花嫁が姿を消し、手足を切られた状態で中東の売春窟で発見されたという噂。留学先で姿を消した女学生が、中国の奥地で手足を切断された「ダルマ」という見世物にされていたという噂。マフィアが子どもたちを遊園地で誘拐し、ぬいぐるみの中に隠して園外に連れ出しているという噂……それらの都市伝説は全て『オルレアンのうわさ』の変形バージョンと考えられるそうです」

　七音美たちの顔を見渡し、エミールは話を締めくくった。

「現代のオルレアンに、中世の『魔女狩り』に似た恐怖を呼び覚ました危険な噂の末裔《まつえい》は、今この瞬間も世界のどこかで囁かれているかもしれません。『友だちの友だちから聞いた話』として――」

テーブルの上のジャンヌの仮面をじっと見つめ、七音美はつぶやいた。

「いもしない誘拐犯、オルレアンの魔女のイメージが、私たちの心の中にいつの間にか生み出されてしまっていた……」

けど、しかし——。

「……でも、この街の過去に、事件につながる因縁を見つけたって、たしかにあなたは言っていましたよね？」

七音美のまっすぐな視線を受け、エミールはゆっくり頷く。

「ハサミ、坊主頭、魔女……犯人が固執するイメージを、『オルレアンのうわさ』の話を教えてくれたその婦人に話してみたところ、母親として体験したその『噂』の事件ではなく、少女時代に目撃した、より恐ろしい『魔女狩り』の記憶を彼女は思い出して話してくれました。……聞けば、それは私も歴史の授業で勉強したことがある、戦勝国フランスが体験した陰惨極まる流血の悲劇でした。しかし、この事件の発端が、まさかそこまで遡るとは、私は思いもしませんでした」

悲しげに、重々しく、噛みしめるようにエミールは言った。

「粛清《エピュラシオン》の名のもと、理不尽に奪われた多くの命、そして、『オルレアンのうわさ』どころではない、悲惨な集団ヒステリーの生贄《いけにえ》にされた女性たち——」

エミールはテーブルの上の仮面を悲しげに見つめた。

七音美とマリーも仮面に目を向けた。

女のデスマスクは、何語ることなくじっと天を見つめていた。

Ⅶ　カンヌ

日を跨《また》ぐことなく5月8日、ヨーロッパ戦勝記念日の内に七音美たちはカンヌに戻った。一便早くフライト・チェンジした機内では座席が離れ、空港からの運転席でもエミールはほとんど黙り続けていたので、エミールが連絡を待っているという情報が既に届いたのか、届いていないのか、七音美《なおみ》には全く判らなかった。深刻な様子のエミールに、七音美は自らそれを尋ねることもできなかった。

漆黒の夜空と海に包まれた岬の先端――ホテル・ガルニエに七音美とエミールは帰着した。

「おかえりナオミ！　よく無事に帰ってくれたね……」

４０６号室に入るなり、部屋の正面、窓際のソファーに座ったロランが立ち上がり、入口の七音美に向かって歩み寄った。あと三歩ほどで抱きつけそうな距離で、エミールが二人の間に割って入る。

「この部屋の中でお互い至近距離に接近するのはご遠慮ください。……どうぞ、席にお戻りください」

エミールに言われ、ロランはしぶしぶ席に戻る。

窓際のソファーにはドヴィリエ、クロイツ、そして席に戻ったロランが広く間隔を空けて一列に並んで座っている。関係者……容疑者が集まる部屋、安全対策なのだろう、壁際、レジーヌの部屋のドアの脇にはブノワ警視が、反対側の壁面、別室へのドアの前にはカンヌ警察のオージェ警部が立ち、室外への移動をさりげなく阻んでいる。

ソファーには三人が等間隔の距離を空けて座っているので、そこに新たに七音美が座るのは難しそうだ。さて——と迷う七音美の心を察するように、エミールは揃《そろ》えた指先を入口近くの応接セットに向けた。

無言で頷《うなず》き、七音美は応接セットの壁際側のソファーに座った。

広々としたメインリビングを七音美は改めて眺める。二日前にこの部屋で共に時間を過ごしたイネスとアリアーヌはもうこの世にはいない。自室にいるのか、レジーヌの姿もここにはない。女性三人の姿が消え、替わりに男性の刑事が三人。そして、ロラン、ドヴィリエ、クロイツ。先日は明るい寛《くつろ》ぎの場所だった部屋が、まるで今夜は暗く厳かな法廷のようだ。

入口ドアと部屋中央のジャンヌ像の中ほどまで歩み出て、エミールは部屋の人々をゆっくりと見渡した。

「今夜は遅い時間、お集まりいただきありがとうございます。……映画や推理小説の解決編のように、私はあまり長々とお話しするつもりはありません。ただ、事件について話し始める前に、私自身について、少しだけお話しさせていただくことを許してください」

黙礼するように少し頭を下げ、エミールは穏やかな口調で続けた。

「私は大学で数学を学び、パリ警視庁に入庁しました。いわゆる理系の人間というやつです。恥ずかしながら、歴史や文学、映画や芸術といった文系分野への知識や興味が薄く、今までそういったものに深く触れる機会もほとんどありませんでした。もし、私が文系の人間だったなら、もし、その分野に対して一般的なフランス人レベルの知識を持っていたなら、私とマダム・アモウを一時攪乱《かくらん》した偽りの『オルレアンの魔女』のイメージ――『オルレアンのうわさ』という都市伝説の正体にもっと早く気づくことができたかもしれません。そして、オルレアンに行くまでもなく、今回の事件の遠因と思われる歴史的事件に気づくことができたかもしれません。……私は今まで、数学的論理《ロジーク》によってパズルのように事件を解決すること、犯人のアリバイやトリックを論理的に突き崩すこと――そういったことこそが、犯罪を解決するために必要不可欠なプロセスだと考え続けてきました。しかし、今回の事件に関わって、それだけでは駄目なのだということを痛感しました。論理で事件を解くことができても、ただそれだけでは公園の砂場に砂山を作るような刹那的な営為に過ぎない――。砂場がある公園の景色や位置、成り立ちまでも視野に入れねば、決して見えない真相がある――私はそれを知りました」

言葉を区切り、エミールは沈黙した。

しばらくして頭を掻《か》き、エミールは申し訳なさそうに言った。

「上手く言えないな……話が下手ですいません。……何が言いたいかというと、つまり、我々がまた同じ過ちを繰り返さないで済むように、私はこれから、もっと歴史や文学も学ぼうと思った……つまりはそういうことなんです。自由、平等、友愛を尊ぶ誇り高きフランス国民として、二度と同じ過ちを繰り返さないため、我が国の不名誉な過去、恥ずべき歴史からも決して目をそらさずに、私はこれから前に進んでいこうと思ったということなんです。そして――」

エミールはロラン、クロイツ、ドヴィリエ、七音美の顔をゆっくりと見渡す。

「そういった様々な問題を自分たちの手法、芸術によって表現し、人々の心を動かし、考える心を育むあなたたち芸術家の凄《すご》さを、少しの間でしたが今回ご一緒して、私は初めて知ることができました。そんな芸術家としてのあなた方に、私は心からの敬意を表したい……それが、事件の真相を紐解《ひもと》く前に、私がどうしても皆さんにお伝えしたかった個人的な思いです」

清聴を感謝するように、エミールは折り目正しく頭を下げた。

普段は見られる側にいるドヴィリエも、クロイツも、ロランも、特に反応することなく、まるで舞台の観客のように正面のエミールを眺めている。

姿勢を戻し、エミールは言った。

「では、本題に入ります」

数歩前に進み、エミールはジャンヌ・ダルクの像の脇に立った。

「細かな歴史については、本来ならば皆さんにお話しするまでもないことでしょう。しかし、どういった経緯でその悲劇が起きたかということをはっきりさせるため、少しだけ、今日私が調べてきた歴史について話をさせてください」

深呼吸一つして、エミールは語り始めた。

「……第二次大戦、ナチス・ドイツに侵攻されたフランスは、ドイツの占領を受け入れることによって辛うじて独立国としての存続を保ちました。厳しい占領政策の下、好むと好まざるにかかわらず、フランスは国家を挙げて敵軍に『対独協力《コラボラシオン》』せざるを得ませんでした。しかし、占領への抵抗を唱える人々は地下に潜り、レジスタンスとしてゲリラ戦や破壊活動を続けました。マダム・ブラパンの父上、オーギュスト・ブラパン氏も、そのレジスタンスのリーダーの一人でした」

エミールはジャンヌ像の台の上に手を置いた。

「……戦争中、捕えられたレジスタンスは見せしめに容赦なく処刑されたといいます。レジスタンスを捕えたのはドイツ兵だけではなく、フランスの民兵、フランス人の密告が原因となることも少なくはなかったといいます。その分断の遺恨が、１９４５年５月８日、ドイツの占領から解放され、戦争に『勝利』したはずのフランスに新たな悲劇を産みました。解放後、それまで地下で息をひそめていたレジスタンスや抑圧から解放された群衆による突発的な復讐《ふくしゅう》が始まったのです。解放直後の無秩序状態の中、フランス各地で自然発生した自警団は、ドイツ軍と協力していた民兵や密告者はもちろん、行政官や工場長など、立場上対独協力せざるを得なかった人々までをも『粛清《エピュラシオン》』の名のもとに、いかなる法的根拠にも基かずに大量に処刑――虐殺しました」

　エミールは顔を上げ、部屋の天井を仰ぎ見た。天井よりもはるか高い場所を見上げるかのようにじっと一点を見つめ、そして再び視線を落とし、エミールは静かに口を開いた。

「あの流血のフランス革命、ムッシュ・ド・パリ《死刑執行人》、アンリ・サンソンがギロチンで処刑したと言われる人数は約三千人。……占領から解放され、戦争に勝利したはずのフランス、フランス革命の恐怖政治のおぞましさを誰もが学んでいるはずの現代のフランスで、エピュラシオンの名のもと無法に処刑された人数は、判っているだけでおよそ一万人。なんと恐ろしく、なんと悲惨な出来事でしょう……」

　しばしエミールは黙した。

「オルレアンの街も例外ではありませんでした。土地の名士として対独協力せざるを得なかった有力者ロレーヌ家の一族をはじめ、多くの男性たちが公式の記録では『消息不明』となりました。そして、ドイツ兵に体と魂を売った非国民というレッテルを貼られ、多くの女性たちが街を、国を追放されました。中世の魔女狩りにも似た集団ヒステリー状態の中で、魔女の烙印《らくいん》を押された女性たちは見せしめに頭を坊主にされ、着の身着のまま街の外に追放されたといいます……」

「ああ……」

七音美は思わず声を漏らした。

イネスの背に突き立てられたハサミ、頭を坊主に刈られたアリアーヌ。死にゆく彼女たちへの非情な加虐は、誘拐犯『オルレアンの魔女』のホラーじみた趣向ではなく、『魔女』にされた女性の恨みの印だったというのか――。

ホラーどころではない、生々しい恐怖。過去と現在、地続きの悪夢――。

静かに語るエミールの背中を、七音美はただ呆然《ぼうぜん》として眺め続ける。

「エピュラシオンの混乱の後、レジスタンスのリーダーだったオーギュスト・ブラパン氏は親戚ロレーヌ家の屋敷財産を巧妙に自らのものにしました。ムッシュ・ブラパンの真意がレジスタンスの感情的な復讐にあったのか、あるいはそれを装った簒奪《さんだつ》にあったのか、今となっては判りません。しかし、ロレーヌ家の一族の人間がもし今も生きていたとしたら、いずれにせよ、ブラパン家に対してある種の感情を持つことは考えに難くありません」

エミールは視線を上げ、ゆっくりと人々の顔を見渡した。

「オルレアン警察の資料の中、私はロレーヌ家の人々の消息を探しました。先ほど申したように、一家の人々の消息はことごとく『消息不明』となっていました。そして私はその中に、一人の女性の名前を見つけました――」

「エレーヌ。……エレーヌ・ロレーヌ」囁《ささや》くようにエミールはその名前を口にする。

「マダム・ブラパンの代表作『黒い髪のエレーヌ』。戦中、ドイツの駐留士官と恋に落ち、終戦によって仲を引き裂かれる悲恋の物語の主人公。作中で苗字《みょうじ》が書かれないその女性のモデルは彼女なのではないか？……『黒い髪のエレーヌ』は終戦で物語が終わり、戦後の顛末《てんまつ》は書かれていません。しかし、もし現実の彼女がエピュラシオンの渦中、『魔女』として追放されていたのだとしたら……」

ソファーに座る人々の顔を、エミールはゆっくりと見渡す。

「あなた方の中に彼女に連なる人物はいないか――勝手ながら各機関に照会させていただきました。そして先ほど、最も調査の手続きに時間がかかった依頼先から、まさにその回答を得ることができました」

エミールはソファーの中央に座るクロイツに視線を定めた。

「去年亡くなったあなたの母上の旧姓名はヘレナ・ロートリンゲン。——フランス語風の読み方をすればエレーヌ・ロレーヌ。……それに違いはありませんね？　カール・クロイツさん」

両隣に座るドヴィリエとロランは驚きの視線をクロイツに向けた。

刑事たちは冷静な眼差しをエレーヌの息子に注ぎ続けている。

驚き、悲しみ、恐怖……どれともいえぬ複雑な感情に襲われ、七音美も呆然とクロイツの顔を見つめ続けた。

しばらく黙り続けたクロイツはゆっくりと顔を上げ、まっすぐにエミールの目を見据えた。

「詳細な調査と丁寧なご説明、心から感謝します。あなたの言う通り、私の母は戦勝に浮かれる同胞たちに家族を殺され、父への愛ゆえに辱められ、故郷を追われ、国を追われ、異郷で私を産み育てた哀れな女——エレーヌ・ロレーヌ、『黒い髪のエレーヌ』に間違いありません。そして私こそが、彼女の絶望、悲しみ、怒りが生んだ『オルレアンの魔女』——それに間違いありません」

「カール……なんてこと……」

隣のドヴィリエは口に掌《て》を当てて呆然としてつぶやく。

ロランは蒼《あお》ざめた顔を隣のクロイツに向けている。

ちらりと左右を見遣り、そしてクロイツは遠くの七音美をじっと見つめた。

「マダム・アモウ、無関係なあなたには、随分ご迷惑をかけてしまいましたね」

七音美は小刻みに首を左右に振った。

「けど、監獄要塞の地下に現れた仮面の女は間違いなく女性の体形だったし、それにあの時、あなたは修道院の島に……」

エミールは七音美に顔を向けた。

「パリの事件と併せて考えれば、あなたを脅かしたのは彼が雇った夜の女性なのではないかと推測されます。パリの被害者は、恐らく同じような仕事を依頼しようとしたところ、断られたのか、逆に脅されたかして、それで殺害されたのではないでしょうか……」

「仕事というのは……？」

「報酬によってはアンダーグラウンドな仕事を受ける彼女たちでも、さすがに極刑のリスクまで冒して殺人を請け負うことはないでしょう。恐らく、あなたの前に現れたような姿で、マダム・ブラパンに恐怖を与える——そんな内容だったのではないかと思われますが、いかがでしょう？」

エミールの問いかけに、クロイツは静かに頷いた。

七音美は重ねてエミールに問う。

「でも、じゃあなぜ私を……」

「当初の予定ではマダム・ブラパンも監獄島に上陸する予定でした。しかし、前日のコラージュの手紙の脅しが効き過ぎて、マダムは修道院の島に祈りに行ってしまった。……予定と実際の違い、襲われたのがマダム・アモウだったこと——そこから帰納的に考えれば、到着したクルーザーから島に降りた『一番年齢の高い女性』を襲うように、仮面の女はあらかじめ指示を受けていた……ということだったのではないでしょうか？」

七音美はクロイツの顔を見る。

満足げな笑みを浮かべ、クロイツはエミールを見上げた。

「あなたは芸術家への敬意を語ってくれたが、あなたの論理《ロジーク》もなかなかのものですよ。素晴らしい。私が付け加えたり訂正することは何一つありません」

「……しかし、車椅子のマダム・ブラパンが監獄要塞の地下に行くことはありません。どうやって脅かすつもりだったんでしょうか？」

「それは——」

嗜虐《しぎゃく》的な笑みを浮かべ、クロイツは少し声を大きくして言った。

「車椅子の介助者が監獄要塞の人気のない場所にレジーヌを残して場を離れ、その隙にレジーヌは襲われる予定だったんです」

クロイツはレジーヌの部屋の方にわずかに顔を向け、より声を大きくした。

「その計画も含めて、二人の養女の死について、今から詳しくお話ししてあげましょう。……マダム、聞いているんでしょう？　部屋に隠れてないで出ておいでなさい。若い刑事さんでさえ、残酷な過去の歴史と向き合おうと言っているんです。当事者のあなたがドアの奥に隠れたまま、自らの罪と向き合わず、このまま平穏な余生を送っても良い道理はないはずです」

しばしの静寂が部屋に満ちた。

そして「ガチャリ――」と音を立ててレジーヌの部屋のドアが開いた。

ドア脇に立つブノワがドアの中に向かって「マダム、お約束通り部屋の中に」と焦った様子で言葉をかける。七音美の位置からドアの中は見えないが、「いいえ、そうはいきません」と応える声がはっきり聞こえる。

声にこもった威厳に圧倒されるように、ブノワは無言で後ずさった。

自ら車椅子を操作して、部屋の中からレジーヌが姿を現した。

帽子とベールはつけていなかったが、レジーヌは今日も喪服を着ていた。

ブノワを圧した声に力はこもり、背筋はまっすぐ伸びていたが、その顔は憔悴《しょうすい》しきって蒼ざめていた。

*

部屋の中央に車椅子を進め、レジーヌはエミールのほど近くで椅子をクロイツに向けた。

「あなたがエレーヌの……。どうしてあんな酷《ひど》いことを……」

喘《あえ》ぐように言うレジーヌに、クロイツは皮肉めいた笑みを見せる。

「不法に略奪された者が、略奪した者に法を超えた罰を与えた——それだけのことです」

「けれど……」

「けれど？　……戦争ゆえの悲劇だから仕方がなかった？　集団ヒステリーの『魔女狩り』の責任は個人には問えない？　そうはいきませんよ、マダム。あなたの父親は私の祖父、伯父たちを無残に皆殺しにした。あなたはあなたで、母の人生を小説の題材……地位と名声を得る手段として利用した」

「利用だなんて、決してそんな……」

縋るように言うレジーヌに、クロイツは静かに、淡々と応じる。

「どんな言い訳をしても、あなたが自分の欲を満たすため、私の母の人生を掠め取ったのは間違いのない事実です。ロレーヌ家の財産と母の物語であなたが富む一方、全てを失い、屈辱にまみれながらドイツに逃げ延び、しかし、恋人はすでに戦犯として処刑されていた母が味わった絶望と苦しみ。あなたはそんな現実に構うことなく、終戦前までの幸福な恋愛場面だけを抽出し、母の人生を心地良いメロドラマとして文学史に残してしまった……。それは母にとって、私にとって、絶対に許し難いことだ――」

冷たい声で言い放ち、クロイツはレジーヌをじっと睨《にら》んだ。

「違う……」レジーヌは大きく左右に首を振る。

「私の憧れだった、優しくて、美しい、愛に生きたエレーヌ。彼女の愛がたしかにこの世に在《あ》ったという記憶を残したくて、私は『黒い髪のエレーヌ』を書いた。そして、私は彼女の戦後の悲劇を『オルレアンの聖女』として描いた――。戦争の犠牲になったエレーヌ、ジャンヌ、そして他の全ての女性たちの鎮魂のために、私はあの戯曲を書いた……」

レジーヌの釈明の言葉をかき消すように、クロイツは声を張り上げた。

「馬鹿を言ってはいけません！　鎮魂のため？　戦争の犠牲者を美しく描いた？　そんなものは生き残った者の身勝手な陶酔、自己正当化に過ぎない。もし本当に鎮魂の思いがあるなら、美しい戯曲ではなく、どうして残酷な真実の物語を書かなかったんです？　頭を刈られ、石もて打たれる魔女としてでなく、火刑台から天に召される美しい聖女として女たちを描くことは、彼女たちへの罪を擁護するにも等しい。そんな欺《ぎ》瞞《まん》、私は決して許しはしない！」

何かに憑《と》りつかれでもしたかのように、クロイツは悪鬼のような形相でレジーヌを睨んだ。

レジーヌは言葉を失い、小刻みに首を左右に振っている。

レジーヌの苦悩を庇《かば》うように、エミールが静かに口を開く。

「クロイツさん、理解できるかどうかはともかく、あなたの思いは判りました。……しかし、何故今になって、あなたはこんな残酷な事件を起こしたんでしょう？　どうしてイネスさんとアリアーヌ嬢を標的にしたんでしょう？」

「それは――」

ふっと息を抜き、クロイツは少し落ち着きを取り戻す。

「老い先短いマダムの命では母の恐怖や絶望の償いにはなりませんからね。彼女自身でなく相続人たちを殺害し、わずかの間とはいえ、マダムには苦しみと絶望の中に余生を生きてもらう……それこそが何よりの復讐だと考えたんですよ」

クロイツは満足げな微笑みをレジーヌに向けた。

ドヴィリエは恐怖に絶句し、ロランは俯《うつむ》いて「なんてことだ……」と独り言のようにつぶやいている。

周りに構うことなく、クロイツは淡々と語り続けた。

「何故今になってか？――それは去年亡くなるまでの数年間、痴《ち》呆《ほう》になった母がそれまで一切語ることのなかった当時の恐怖を思い出し、日夜叫び続けていたからです」

クロイツは声の調子を変え、ガラガラにしわがれた甲高い声を上げた。

「——ああ！　どうか許して！　誰か助けて！　どうか髪を切らないで……フランスで一番綺《き》麗《れい》な黒髪だって、みんなこの髪を褒めてくれたじゃないの？　……ああ！　神よ、哀れな娘を同胞たちのハサミから守り給え！　守護聖女ジャンヌよ、あなたと同じく非道な魔女裁判に辱《はずかし》められる娘を、どうか慈悲もて救い給え！　もし救うこと叶わずば、あなたの正義の御名のもとに、この非道な者どもの末裔《まつえい》に、せめて復讐の一矢を報いるチャンスを与え給え！」

人々も、七音美も、その叫びを呆然として聞いた。

その作り声は七音美が電話で聞いたオルレアンの魔女の声に間違いなかった。

元の調子に声を戻し、クロイツは俯き加減に話を続ける。

「母の身に起きたことを知って、私は戦慄しました。そして母の死を看取った直後、『オルレアンの聖女』の出演依頼が私のもとに舞い込んだのです。作者はブラパン家の一人娘、レジー。私の役はジャンヌを断罪したボーヴェ司教。……私は運命を感じました。母とロレーヌ家の先祖たち、そして復讐の女神が、罪深きオルレアンの簒奪者の子孫を断罪するために采配した、これは運命以外の何物でもない——私はそう確信したのです」

不敵な笑みを浮かべ、クロイツはレジーヌの顔をじっと見つめた。

「欲の深い養女たちだったおかげで、仕事はとても簡単でしたよ。半分でも多過ぎるロレーヌ家の財産を分不相応に独占したがっているイネスとアリアーヌ。どんなに品良く取り繕っていても、彼女たちの本音は会ってすぐに判りました。遺産を独占できるよう協力すると持ちかければ、アリアーヌはレジーヌを脅かす計画にも、ブノワ警視の目を盗んで修道院を抜け出すための見張り役にも積極的に力を貸してくれました。イネスはイネスで、遺産独占の特別な法的手段があると囁けば、嬉々《きき》として修道院要塞への呼び出しに応じてくれました。……彼女たちどちらの人間性にも感心できませんが、イネス殺害の報酬にレジーヌ秘蔵の映画フィルムが欲しいという私の願いに応じ、養母の宝を盗み出してきたアリアーヌの方が、私には罪が深いように思われますね。……まぁ、あなたに代わって既に罰は与えましたが」

得意げに語るクロイツに、七音美は思わず声を上げた。

衝動に動かされて発した声は震えていた。しかし、七音美は言わずにいられなかった。

「クロイツさん、あなたは間違っています！　あなたのお母さま、エピュラシオンの犠牲になった女性たちはたしかに気の毒で、クレール刑事が言うように私たちが決して目を背けてはいけない歴史の事実なのだと思います。……けど、無関係なイネスさんやアリアーヌさんの人生を奪ってしまったことは、復讐でもなんでもない、ただの非道な殺人です。あなたとエピュラシオンの加害者は、一体何が違うと言うんですか！」

声だけでなく、言い終えた七音美の体も小刻みに震えていた。そんな七音美をじっと見つめ、クロイツは申し訳なさそうに言った。

「あなたにそう言われると、さすがに私も胸が痛みます。……しかし、罪には罰が与えられなければならない。エピュラシオンの被害者の子が加害者の子を罰するのは自然の摂理——東洋風に言えば『因果応報』というものでしょう」

「そんなのおかしいです！　因果応報なんて関係なく、彼女たちはあなたの犯罪の気の毒な被害者です！　……それに、パリの事件の被害者はどうなんですか？　エピュラシオンに何か関係があるんですか？　あなたの身勝手な復讐劇に、ただ巻き込まれただけじゃないですか！」

クロイツは黙り、じっとりとした眼差しで七音美を睨んだ。

禍々《まがまが》しいその視線に七音美はゾッとした。黙っていられずについ口を出してしまったが、目の前にいる男は紳士的な姿とは裏腹に、三人もの女性の人生を奪った恐ろしい殺人鬼なのだ。殺人犯の視線から守るように、エミールはレジーヌのそばを離れて七音美とクロイツの間に立ちはだかった。

エミールは言った。

「クロイツさん、マダム・アモウの言う通りあなたの考えは間違っています。……百歩譲ってその考えを是としても、その理屈の中においてさえ、あなたは大きな過ちを犯しています」

首を傾《かし》げ、クロイツはエミールを見上げた。

「どういう意味です？」

「オルレアンでの調査で、私はイネスさんの経歴も知ることになりました。１９６９年、他の複数の女性たちと共にマダム・ブラパンと共同生活していたイネスさん。彼女も、他の女性たちも、その両親の情報を調べれば皆『消息不明』。マダムはロレーヌ館をゴモラの館にしていたのではなく、エピュラシオンで家族を失い、人生に迷っていた女性たちに救いの手を差し伸べていた――。あなたが復讐の生贄《いけにえ》にしたイネスさんは、あなたの理屈で言うところの復讐されるべき対象……加害者の子ではなく、あなたと同じ境遇の被害者側の子だったんです」

レジーヌにちらりと視線を向け、そしてエミールはクロイツの目を見据えた。

「これであなたの主張する復讐の論理《ロジーク》、『因果応報』の理屈は崩れました。マダム・アモウの言う通り、あなたはただの身勝手な殺人犯です」

「そんな……」わずかにうろたえた様子を見せ、クロイツはレジーヌに顔を向ける。

「しかし、アリアーヌは違うでしょう。あの年で、エピュラシオンの被害者の子というはずはない。……イネスのことも、手を差し伸べていたのではなく、身寄りのない人間の方が支配するのに都合が良かったから……きっとそうなんでしょう？　ねぇ？　マダム」

レジーヌは毅然《きぜん》とした声で答えた。

「あなたや世間がどう思おうと構やしない。誰かを救った、誰かを罰した——そんな傲慢なことを、私は他人に誇るつもりも語るつもりもない。……ただ、娘時代にあの戦後の混乱と分断を体験して、私は人間の尊厳が踏みにじられる悲惨な歴史はもう二度とごめんだと思っただけさ。そのためには、まず自分たち女が強くならなければいけない。女の自立を邪魔する貧困や暴力、無理解、抑圧、性差別と戦うために、もし私が協力してあげられることがあるなら、私は誰にだって喜んで力を貸した——それ以上でもそれ以下でもない、ただそれだけのことさ」

忌々しげにレジーヌを睨むクロイツに、レジーヌは悲しそうに言う。

「……こんなことをする前に、生きのびていたエレーヌの子だと名乗り出てくれれば、父が奪ったロレーヌの財産の償いに、私は私の財産と著作権を全てあなたに譲渡もしたろう。ロレーヌの人々の命の償いをしろと言うなら、私は私の命も差し出したろう……。哀れなシャルル《カール》、復讐の念にとらわれて、女の命を暴力で奪った、最も醜く、憎むべき男に成り果てた可哀そうな子」

「黙れ！」

レジーヌの憐《あわれ》みの眼差しを振り払うように、クロイツは大声を上げて首を振った。

部屋に緊張が走る。刑事たちは身構え、ドヴィリエとロラン、そして七音美はわずかにソファーから腰を浮かせる。

人々の動きを制するように、クロイツは間髪を入れず二の句を継いだ。

「財産の償いなどは要らない！　しかし、ロレーヌの人々の命の償いにあなたが命を差し出すというなら、それは復讐の女神への供物《くもつ》、ありがたく頂戴しよう！」

素早く立ち上がり、クロイツは右手をジャケットの内側に滑り込ませた。

レジーヌが危ない！――思った瞬間から、七音美には全ての動きがスローモーションのように見えた。

身動きできず、驚いてクロイツを見上げる両脇のロランとドヴィリエ。

クロイツに駆け寄ろうと一歩を踏み出すブノワ。

胸元から取り出した拳銃をレジーヌに向けるクロイツ。

両手を広げ、咄嗟《とっさ》にレジーヌの前に立ちはだかるエミール。

そして、部屋に一発の銃声が響いた――。

エピローグ　映画祭開幕

事件が幕を閉じて数日が過ぎ、晴れ渡る青空の下でカンヌの街は映画祭の初日を迎えた。

パルムドールの最有力候補、今年の主役になる可能性が高いロランは各方面への対応のため先に映画祭の会場、パレ・デ・フェスティバルに向かっている。

映画祭に出発する前、功労賞内定の報告にホテル・ガルニエにやって来たドヴィリエとともに、七音美《なおみ》は４０６号室を訪れた。

一連の事件は終わり、既に物々しい警備はない。

レジーヌ自らがドアを開け、二人は部屋に招き入れられた。

あの日以来のこの部屋……特に何かが変わった訳でもないのに、なんともいえない寂しさが漂っている。

あの日の悲劇を、七音美は悲しく思い出す——。

クロイツが銃を抜き、エミールがレジーヌの前に立ちはだかった。

直後に響いた一発の銃声。少し遅れて漂ってきた鼻をつく火薬の匂い。

七音美の心は恐怖に凍りついた。

しかし数秒後、ドサリと音を立てて床に崩れ落ちたのはエミールではなくクロイツだった。

七音美が辺りを見渡すと、レジーヌの部屋とは反対側のドアの前、カンヌ警察、オージェ警部が構える銃の先端から白い煙が立ち上っていた。

刑事たちは一斉にクロイツに駆け寄る。レジーヌも車椅子を操作し、七音美もソファーを立って後を追い、部屋の人々は皆、床に横たわるクロイツを呆然《ぼうぜん》と取り囲んだ。

ブノワ警視は跪《ひざまず》いてクロイツを仰向けにして傷の位置を確認した。そして「救急車を大至急！」と入口の警察官に向かって叫んだ。

エミールも、七音美も、そして他の人々もきょろきょろと床の上を見回した。

しかし、皆が探すもの——クロイツが抜いた銃はどこにも見当たらない。

人々を見上げ、クロイツは苦しそうに、しかし穏やかな表情で言った。

「在るように見えましたか？……良かった……刑事さんには申し訳ないが、今のは私の最後の芝居……。復讐《ふくしゅう》の女神に捧げられる供物《くもつ》は、やはり、復讐者……本人の命でないと……」

ゴボリと音を立て、口から鮮血が溢《あふ》れる。

血に咽喉《のど》を塞がれて、結局、クロイツの最期の言葉は結ばれぬまま空しく消えた。

明るい窓際まで車椅子を進め、レジーヌは車椅子を半回転、七音美とドヴィリエに体の正面を向けた。

ドヴィリエとロランの晴れの日を気遣ってか、レジーヌは久々に喪服ではなく紺色のチュニックを着ていた。暗い色ではあったけれど、真っ黒ではないその服の色に、七音美の心はわずかに慰められたような気がした。

「お加減はどう？　レジーヌ」

飾り気のないドヴィリエの言葉に、レジーヌは弱々しくも明るい笑顔で応える。

「あんなことがあった後のこの年の老人にしては、まぁ、まあまあ《パ・マル》ってとこだね」

「そう。なら、少し安心したわ――」

わずかに微笑み、ドヴィリエは申し訳なさそうに言う。

「あんな事件の後だから、今年の賞は辞退しようかと思ったんだけど……。なかなかそうもいかなくってね」

「おやまぁ！　この子は何を言っているんだい！」

驚きの表情を作り、レジーヌは笑ってドヴィリエと七音美の顔を見渡した。

「カトリーヌ、あんたはあんた自身の表現で、今まで多くの人を喜ばせ、楽しませ続けてきたんだ。あんたが賞を辞退する必要はこれっぽっちもありゃしない。……あんた自身が歩んできた女優としての歴史の先、栄光のレッドカーペットを堂々と歩いておいで。そして、フランスが誇る大女優、カトリーヌ・ドヴィリエの健在を世界中に見せつけておやり」

「ありがとう、レジーヌ」

静かに礼を言うドヴィリエから、レジーヌはゆっくりと七音美に視線を移動させた。

「ナオミ、今回は色々なことに巻き込んでしまって、本当に悪かったね」

「いいえ、とんでもない。私のことなんて、全然良いんです。レジーヌ……あなたの胸中を思うと、本当に私、なんて申し上げたら良いか……」

慰めの言葉に詰まる七音美に、レジーヌは穏やかに言葉をかける。

「イネスとアリアーヌを失ったこと、私たちの過去の過ちが多くの人を不幸にし、それが今なお解決されていなかったことに、私は命が尽きる最期の日まで、きっと胸を痛め、悲しみ続けることだろう。……けど、自分の体を盾にして、老い先短い私を守ろうとしてくれたクレール刑事、映画祭が終わったら自分の家の近くに引っ越して、毎日オペラ座に遊びに来てくれれば良いと言ってくれるジャック……若い人たちの真心と優しさのおかげで、私はなんとか絶望せずに済んだ」

レジーヌは七音美の瞳をじっと見つめた。

「そしてナオミ、あなたの今後の活躍も、私の人生のとても大きな希望だよ。アモウ・ナオミの『オルレアンの聖女』を聴くまで、私は絶対に死ぬ訳にはいかない。そして、きっとまだまだ続くあなたの次の活躍、その次の活躍を楽しみにして、これからも当分、私はしぶとく生き続けてゆくつもりさ」

「ありがとう、レジーヌ」

思わず七音美はレジーヌに抱きついた。レジーヌは「おや、まあ」と言い、ドヴィリエと微笑み合って七音美を抱きしめ返してくれた。

その抱擁にはしっかりと、たしかな力がこもっていた。

オペラ座での再会を固く約束し合い、七音美とドヴィリエはレジーヌの部屋を辞した。

エレベータを降り、広々としたロビーを歩きながら、七音美は気になっていたことをふと思い出した。

「あの……ドヴィリエさん、一つお伺いしたいことが……」

「なあに？　どんなことでもご遠慮なくどうぞ」

機嫌良く応じるドヴィリエに、とはいえ七音美は恐る恐る尋ねる。

「ゴールドスタインさんが、何かあなたの秘密を握っている――みたいなことを言っていたんですが、あれって……」

「ああ、あれね――」七音美の心配とは裏腹に、ドヴィリエは明るく笑って答えた。

「私、駆け出しの頃に『オルレアンのうわさ』の話をモチーフにした『魔女』っていうホラー映画に出演したことがあるのよ。ブティックの店員、実は仮面の誘拐犯って役でね。でも、大女優としてもてはやされるようになった私のイメージにはちょっとそぐわない作品だから、その映画は業界を挙げて封印され続けてきたの。もちろん、私自身も躍起になってその存在を隠し続けてきたわ。……それをあの男は、レジーヌとの版権交渉に協力しなければ自分がアメリカで興行してるカルト・ムービーの映画祭で上映するって脅してきたの」

呆《あき》れたように笑い、ドヴィリエは続けた。

「……でも、自分の過去の歴史を封印するのはもうおしまい。レジーヌが言っていた通り、私が歩くレッドカーペットは、私が女優として生きてきた過去から一直線に続いてきた道なんですもの。今日の映画祭のスピーチで、私は『魔女』の封印の解除を宣言して、あの頃の若くて、まだまだ駆け出しの新人で、汚れ役にも果敢に挑戦していた自分の姿を、これからは遠慮なくみんなに観《み》てもらおうと思っているわ。……あなたも観たい？」

「はい、是非観たいです！」

明るく笑い合いながら二人はホテルの玄関を出た。

正面の車寄せ、ロランの代わりに二人をパレまで送ると約束してくれたエミールが愛車を背にして立っていた。

「無事にご挨拶できましたか？」

穏やかに尋ねるエミールに、七音美とドヴィリエは声を揃《そろ》えて「ええ！」と答えた。

何一つ遮るものなく、女たちの声はカンヌの青空に高く高く昇っていった。

完

◉出典

『美しき五月のパリ』　作詞・作曲　ジャン＝フレデリック・ブロサール

『カルメル会修道女たちの対話』　作曲　フランシス・プーランク
台本　ジョルジュ・ベルナノス

ラ・マルセイエーズ　フランス国歌

『オルレアンのうわさ　女性誘拐のうわさとその神話作用』　エドガール・モラン　みすず書房

本作品は書き下ろしです。

オルレアンの魔《ま》女《じょ》

二〇二一年　九月二五日　初版発行

著者　稲《いな》羽《ば》白《はく》菟《と》

発行所　株式会社二見書房
東京都千代田区神田三崎町二－十八－十一
電話　〇三（三五一五）二三一一［営業］
〇三（三五一五）二三一三［編集］
振替　〇〇一七〇－四－二六三九

印刷・製本　株式会社堀内印刷所

ISBN978-4-576-21139-8

La Sorcière d'Orléans